文士 小林秀雄

占部賢志

致知出版社

「尊敬」と「批評」のあいだ
——はしがきに代えて

本書のような作品を書く心得として、扱う対象の人物に尊敬や愛情があれば、客観性は担保されない。こうした見方は学界や言論界に広く行き渡っている。だから、歴史上の偉人に対して、虚像のベールを剥ぎ取るのだと称して粗を探し、ほら見ろ、彼らもただの凡人に過ぎぬと断ずる。

陸軍大将乃木希典を描いた、芥川龍之介の「将軍」や司馬遼太郎の「殉死」などはそうした一例であろう。いずれも彼ら独自の手法で偉人の俗人化がはかられる。いや、矮小化と呼ぶのが相応しいかも知れぬ。

これは無論、文学に限らない。古代史学で言えば、聖徳太子の扱いにそうした傾向が窺われる。画期的な十七条憲法や高度な仏典注釈書の三経義疏が後進国の人間につくれるわけがない。したがって、太子撰述説は日本書紀編纂者による創作に違いない。仮に太子が関わっていたとしても、その内容は大陸学僧らが著した先行文献の引き写しに近く、そこにオリジナリティなしというのがひと頃流行った学説である。

しかるに近年では、長足の進歩を遂げている太子研究の結果、旧説の多くは覆りつつある。むしろ、太子の独創性が改めて注目されているぐらいだ。

これも太子に関連するが、五年前の平成二十九年三月、新たな歴史教科書では「聖徳太子」の呼称について、小学校は「聖徳太子（厩戸王）」、中学校においては「厩戸王（聖徳太子）」と改める案が文部科学省から示され、一騒動が起きた。要するに、敬意を伴う呼称はいずれ教科書から排除する予定だが、今回の改訂でそこまでやれば反発は大きいだろう。そこで、まずは併用という形をとることで抵抗感を薄め、その次の改訂を待って「厩戸王」一本化に移行する。おそらくそういう手筈だったと思われる。ところが、この底意は見破られる。パブリック・コメントを通じて多くの国民から反対の声が相次ぎ、結局文科省は改訂案を取り下げることとなった。

事ほど左様に、当代知識人の意向を反映した人間観は至る所に見受けられる。併し私は、そうした風潮には与しない。たしかに、私もそう思う一時期はあったが、次第に筆は尊敬に足る人物の探究に向かうようになった。

近世儒学の泰斗伊藤仁斎の不朽の著作「論語古義」の自筆稿本の各巻頭には、孔子の論語を指して「最上至極宇宙第一」と呼ぶ八文字の跡が見えるという。我々現代人は、研究対象に寄せるここまでの讃辞に戸惑いさえ覚えるだろうが、仁斎は情に溺れて正気を失ったわけではない。論語を熟読する眼光紙背に徹する眼に些かの曇りもない。「論語古義」が儒学史上画期を為す注釈書であることは天下周知の事実である。

もう一つ、幕末の思想家吉田松陰の例を挙げておこう。松陰が最も尊敬したのは孟子である。その彼の代表作は孟子講義録の「講孟余話」というが、この著作の冒頭近くに孟子を読む心得として、「経書を読むの第一義は聖賢に阿らぬこと要なり」と説いているのだから面白い。この尊敬と阿らぬ批評精神は一見相反するように見えて、松陰の内部では何ら矛盾しない。阿るとはむやみに媚びへつらうこと、それは尊敬とは無縁の態度なのだ。

尊敬があればこそ対象の文章を心して読み味わおうとするものだ。そのとき、先入観や思い込みは消えて対象に向かって虚心に臨むに違いない。この場合、前者が主観的で後者が客観的と見れば、主観があってはじめて客観的態度がとれる。そう断じても一向に差し支えはあるまい。

かつて、『本居宣長』の初版が刊行された直後、小林の講演での話が印象深く残っている。掻い摘まんで言えば、——私がやったのは、宣長さんの著作を誰よりも丁寧に読んだだけだ。すると、先行の研究者たちが読み飛ばした大事なものが見えてきた。それを書いたのだ、と。つまりは、変わらぬ尊敬があったればこそ、宣長が含蓄した深い意味を理解出来たと言うべきか。

本書もおよそ五十年に及ぶ我が愛読の体験から生まれたものである。このことだけは、誰憚ることなく此処に記して、読者に伝えておきたいと思う。

文士　小林秀雄　目次

第十章　神々の世界

装　幀——スタジオ・ファム
編集協力——柏木孝之

第一章

歴史への扉

歴史への開眼

日本史研究事始の経緯

本格的な作品がないからと言って、小林が明治維新という時代に関心を惹《ひ》かれなかったはずはない。かつて明治大学の教師を務めていた頃のこと、学生の一人によれば、或る時教室に入って来るなり、有馬新七の事を一時間滔々《とうとう》と語り終わった事があったという。

この幕末の志士の何処に魅せられたのか興味深いが、時節は昭和十年代の前半の頃の事である。講義科目名は「日本文化史」というもので、フランス文学担当者がどんな経緯で日本の歴史を教える仕儀となったのか、小林自身が語っている。

当時、明治大学文芸科には歴史学の重鎮である尾佐竹猛《おさたけたけき》がいた。その尾佐竹に、日本の歴史を教えず外国の文学を教えても駄目だ。是非歴史講座を設けて相応の教師を雇うべきだとまくし立てた。

すると、尾佐竹は、そんなに言うなら君が教えたらどうかと切り返した。そこで小林は「よし俺が教えようと、その場で決心したよ」という。

だから僕は歴史を読み出したんだ。僕の歴史の知識というのはみんな大学で歴史を教えなければならんから勉強したんです。大体あの頃の有名な歴史書はほとんど読んじゃった。それは明治大学のおかげだよ。（「明治大学文学部五十年史史料叢書Ⅶ」）

その頃の歴史の最良の参考書として学生にも推奨していたのは吉田東伍の『倒叙日本史』だったという。倒叙とは、歴史を時代順に叙述するのではなく、現代から遡る形式である。時代を下りながら歴史を辿れば、どうしても因果関係の展開が中心となる。そういう方法を採らず、東伍は思い出を手繰るように歴史に向かう。其処に小林は歴史に学ぶ秘訣を悟る。

当時のインテリの間では唯物史観が隆盛であり、歴史の必然とか因果の法則とやらが口喧《くちやかま》しく飛び交っていた時代である。不朽の名著『大日本地名辞書』の著者である東伍の試みは実に新鮮だったに違いない。成る程そういう道があるのか。因果の法則のもと、歴史を恣意的に整理する手法は胡散《うさん》臭いと感じていた小林は、歴史に臨む構えを開眼する。

思い出の糸をたぐる――それは懐古趣味ではない。思い出すという人間のみが授かった天与の特性を働かせる、おそらくその唯一の対象が歴史なのである。物的な自然現象に思い出は馴染まない。物の因果関係を知るのは分析であり実験である。だから小林は、自然と歴史を明確に峻別する。唯物史観の誤謬《ごびゅう》はその混同にあると見て、けっして幻惑されはしなかった。

子供に死なれた母の愛惜の念

昭和十六年の講演録「歴史と文学」では、次のように語っている。すでに評伝『ドストエフスキイの生活』（昭和十四年）の序としても書いていたものである。繰り返し念を押すほど、気に入った着想だったのだろう。

　歴史は決して二度と繰返しはしない。だからこそ僕等は過去を惜しむのである。歴史とは、人類の巨大な恨みに似てゐる。歴史を貫く筋金は、僕等の愛惜の念といふものであつて、決して因果の鎖といふ様なものではないと思ひます。それは、例へば、子供に死なれた母親は、子供の死といふ歴史事実に対し、どういふ風な態度をとるか、を考へてみれば、明らかな事でせう。母親にとつて、歴史事実とは、子供の死といふ出来事が、幾時、何処で、どういふ原因で、どんな条件の下に起つたかといふ、単にそれだけのものではあるまい。かけ代へのない命が、取返しがつかず失はれて了つたといふ感情がこれに伴はなければ、歴史事実としての意味を生じますまい。若しこの感情がなければ、子供の死といふ出来事の成り立ちが、どんなに精しく説明出来たところで、子供の面影が、今もなほ眼の前にチラつくといふわけには参るまい。歴史事実とは、嘗て或る出来事が在つたといふだけでは足りぬ、今もなほその出来事が在る事が感じられなければ仕方がない。母親は、それを知つてゐる筈です。母親にとつて、歴史事実とは、子供の死ではなく、寧ろ死んだ子供を意味すると言へませう。死んだ子供については、母親は肝に銘じて知るところがある筈ですが、子供の死といふ実証的な事実を、肝に銘じて知るわけにはいかないからです。さういふ考へを更に一歩進めて言ふなら、母親の愛情が、何も彼もの元なのだ、死んだ子供を、今もなほ愛してゐるからこそ、子供が死んだといふ事実が在るのだ、と言へませう。愛してゐるからこそ、死んだといふ事実が、退引きならぬ確実なものとなるのであつて、死んだ原因を、精しく数へ上げたところで、動かし難い子供の面影が、心中に蘇るわけではない。

世にはびこる新奇な歴史観に惑わされず、子供に死なれた母親の身になって歴史に臨む覚悟を決めた、この達人の常識は普遍に向かって道を拓いていると言ってよい。イデオロギーを新手のイデオロギーで克服したのではない。諸君、足下を見よ、小林はそう言いたいのである。凡俗の解釈は止めよう。この珠玉の文章を味わって貰えればそれで足りる。

「上手に思ひ出す」

どんなに批評しても黙して語らぬ存在、それが歴史である。これほど厄介な対象はない。批判しようと誉めようと、はた訊ねようと、もう何も言わない。独り合点の道を辿るしかすべがない存在に小林の関心は向かう。

問おうにも応えないのだから、方法は自問自答にならざるを得ない。批評はおのずと饒舌を慎まざるを得ず、窮地に追い込まれる。かつて佐古純一郎に請われて色紙に「批評トハ無私ヲ得ントスル道デアル」と書いた一文も、そうした内的体験の一端を伝えたものであろう。

戦時中に書いた「無常といふ事」（昭和十七年）にも、同様の感想を洩らしているが、いかにも小林らしい強い感じが表れていて印象深い。

歴史の新しい見方とか新しい解釈とかいふ思想からはつきりと逃れるのが、以前には大変難かしく思へたものだ。さういふ思想は、一見魅力ある様々な手管めいたものを備へて、僕を襲つたから。一方歴史といふものは、見れば見るほど動かし難い形と映つて来るばかりであつた。新しい解釈なぞでびくともするものではない、そんなものにしてやられる様な脆弱なものではない、さういふ事をいよいよ合点して、歴史はいよいよ美しく感じられた。

戦後世代の我々は、戦前の、とりわけ大正後期から昭和初期にかけての高等教育、マスコミ、インテリの世界に渦巻いていたマルクス主義の勢いを知らない。人間観、社会観をはじめあらゆる領域に浸透し、社会改造が叫ばれていたのである。これに対峙する力強い思想家の出現は寥々《りょうりょう》たる数だった。歴史学の世界でも同様で、日本史の勉強に精出し始めた小林の前に琴線が鳴る歴史書は乏しかったらしい。先の『倒叙日本史』ぐらいに過ぎなかった。

明治維新に関する文献ですら、文学で鍛えた小林の興味をそそるものは少なかった。人から勧められて、幕末維新研究の権威と目されていた井野辺茂雄の本などを通読するが、「書いてゐる学者に一向活眼があるとも思へない。維新といふ大革新を、何といふ死骸に変じてゐるか、と物を知らない教師は落胆する」（「歴史の活眼」昭和十四年）と、憤懣を隠さない。

どうしてこうも駄目なのか。小林は剔抉《てっけつ》する。一つは史料の泥沼に足が次第にめり込んで活眼を失う道、もう一つは言わずと知れた唯物史観に見られる歴史研究の便利さに心を奪われて活眼の何たるかが分からなくなる道、この二つの道を辿って学者は堕落している、と。

小林が維新の歴史でわずかに評価したのは、昭和十五年に刊行され始めた維新史料編纂会の『維新史』全六巻である。まず二巻が発売されるや早速精読した小林は、やはり「歴史は精しいものほどよい」（『維新史』昭和十五年）と膝を打つ。

とにかく、維新史の史料は歴史家が悲鳴を上げる程豊富で、王政復古の出来事一つをとっても、その経緯の錯雑紛糾には驚くべきものがあると述懐している。そうした史料体験こそ、悪魔の如く囁きかける唯物史観の手管に瞞着《まんちゃく》されない唯一の方法なのだ。

かくて、原因と結果の果てしない関係、その延々たる繰り返しが歴史だと考える賢しらな唯物思想を指して、小林は「飴の様に延びた時間といふ蒼ざめた思想」と断じ、その不毛なるゆえんを看破する。

では、過ぎ去って還らぬ歴史にどんな心構えで向かうのか。残された道は一つ、心を虚しくして過去を上手に思い出す心術しかない。

思ひ出となれば、みんな美しく見えるとよく言ふが、その意味をみんなが間違へてゐる。僕等が過去を飾り勝ちなのではない。過去の方で僕等に余計な思ひをさせないだけなのである。思ひ出が、僕等を一種の動物である事から救ふのだ。記憶するだけではいけないのだらう。思ひ出さなくてはいけないのだらう。多くの歴史家が一種の動物に止まるのは、頭を記憶で一杯にしてゐるので、心を虚しくして思ひ出す事が出来ないからではあるまいか。

上手に思ひ出す事は非常に難かしい。だが、それが、過去から未来に向つて飴の様に延びた時間といふ蒼ざめた思想（僕にはそれは現代に於ける最大の妄想と思はれるが）から逃れる唯一の本当に有効なやり方の様に思へる。成功の期はあるのだ。

（「無常といふ事」）

必然に克った真の人間の自由

前述したように、昭和十年代の小林は思想界を席捲していた歴史の必然論に深い疑惑を抱いていた。因果の法則に随順して歴史は展開する、そんな思い上がった史観で人の精神が認識出来るのか、学生時代から文学に打ち込み、文芸批評の道を拓いてきた小林の眼に、直覚力と想像力を欠いた歴史論は我慢ならなかった。

必然の結果と思えないものは、偶然の産物か歴史学の対象とは見ない。そうした論調は唯物史観にすっかり染まっていた戦前期のインテリの世界には強かった。実際、明治維新は絶対王政の成立と見るのか、それともブルジョア革命なのか、所謂《いわゆる》講座派と労農派の熾烈《しれつ》な論争が続いていた頃でもある。

そうした思想界では、吉田松陰など偶然の存在か、半端な革命家として黙殺してしまいであったろう。要するにまず史観があって、其処から演繹《えんえき》して因果関係を導き出す。それ以外は歴史の主流とは見ず、泡沫としてしか扱わない。戦後にも見られた病的な史観である。

そうした時代思潮を背景に、小林は文芸銃後運動の一環として臨んだ講演「文学と自分」（昭和十五年）のなかで、聴衆にこう語りかけている。

歴史の流れをそのまゝ受け納れると言ふが、歴史の流れとは必然の流れであらう。

それなら人間の自由は何処にあるのか。自由は空想のうちにしかないのか。さういふ疑問にお答へしないでお話を済すわけにも参らぬ様であります。僕にお答へする資格があるかどうか甚だ疑問だし、又解つて戴けるかどうかも解りませんが、お話ししてみます。

文中の「人間の自由」とは、必然という外的な束縛に負けない人間の意志の自律性と言ってよい。その紛れもない実例として小林が取り上げたのは、一人が近世初頭の大野道犬入道、もう一人が維新期を生きた吉田松陰だった。松陰についてはこのように語って講演の結びとしている。曰く、

もう一つお話しします。これは歌です。人間の真の自由といふものを歌つた吉田松陰の歌であります。この歌はお笑ひにはなるまいと思ふが、気味の悪さは同じ様なものです。松陰が伝馬町の獄で刑を待つてゐる時、留魂録といふ遺書を書いた事は皆さんも御承知でせうが、そのなかに辞世の歌が六つありますが、その一つ、

呼だしの声まつ外に今の世に待つべき事の無かりけるかな

呼だしのとは無論首斬りの呼だしであります。（「文学と自分」）

安政の大獄が吹き荒れた当時、松陰もついに江戸に護送され、刑死となった。「呼だしの声」とは、早期討幕運動が必然的に迎えざるを得なかった非情の結末である。だが、そう解釈してみたところで、何か物足りないものがこの歌には含蓄されている。小林の鋭敏な魂はそう感じた。

たしかに刑死は目前に迫った必然の結果だろう。しかしこの歌はその必然に取り込まれて了った諦念の産物か。そうではない。もうどうにもならぬ死を、みずからしっかと迎え入れる精神の実在をうかがわせる。

こうした歌を詠み得た事自体が、必然に打ち克った真の精神の自由を証しているではないか。小林はそう言いたかったのである。

文章に向かう覚悟と流儀

或るエピソード

みずからの表現においても鑑賞する際も、小林ほど言葉に己を託して向かい合った人はいない。一字一句と雖《いえど》も疎かにしなかったし、句読点すら細心の注意を払った。小林を五回に及んで講師として招いた社団法人国民文化研究会の前理事長小田村寅二郎氏は、『新潮』の小林秀雄追悼記念号（昭和五十八年四月臨時増刊）誌上で、小林のこんな発言を紹介している。

僕は文筆で生活してゐます。話すことは話すが、話すことと書くこととは全く別のことなんだ。物を書くには、時に、一字のひらがなを〝は〟にするか〝が〟にするかだけで、二日も三日も考へ続けることだつてある。話したことをそのまま活字にするなどといふことは、NHKにだつて認めたことはないし、それはお断りします。録音テープを取るのも困る。

文章に対する小林の覚悟はかくも徹底していた。小林の作品に「歴史と文学」や「私の人生観」「常識について」、晩年の「信ずることと知ること」などがあるが、これらはいずれも書き下ろしたものではない。折々に引き受けた講演が元となっている。しかし、活字にして発表する際は、話口調は活かしながら、夥《おびただ》しい推敲《すいこう》を加えて作品に仕立て直したのである。わずかに残された速記録と比較照合すれば、語り言葉をいかに彫琢《ちょうたく》して文章体を紡ぎ出すのか、その仕事の苦心の現場を垣間見る事が出来る。だから、小林の文章に親しめば親しむほど、何が書かれているかという前に、この文章の達人はどのように書くのか、その事が読者たる此方の関心の的となる。いつもそうした態度を促されながら筆者は全集を読む。

推敲と彫琢の現場

此処で一例を挙げてみよう。小林は、話すことと書くことは違うのだと峻別する。それぞれに流儀があるのだ。この点を見極めなければ、その人と思想は分かるまい。

かつて小林は合宿教室で「常識について」と題する一時間半に及ぶ講義をした事がある。この時、論語に説かれた「吾れ知ることとあらんや、知ることとなきなり。鄙夫《ひふ》有りて我れに問ふ、空々如たり、我れその両端を叩きて竭《つく》す」という一節と、その優れた注解である伊藤仁斎の『中庸発揮』に言及して以下のように語った。

……だから孔子といふ人の教育の根本原理といふものは、いつでも質問しない奴には黙つてゐるのです。「憤せざれば啓せず」といふのです。憤といふのは憤慨でせう。憤慨しない奴には啓《ひら》かないといふのです。だから何か質問があつて、知りたいといふ欲望のない人々には何にも教へないといふのが孔子の教育の根本原理なのです。

これも今の教育方法から見ると、全く反対な教育方法ですね。今のは習ひたくもないのに物を教へてゐるのです。そして試験をして大学に入れさせてゐるのです。これは全然孔子の教育とは反対のことなんです。

だから孔子といふ人は、『中庸』でもさうですが、両端を叩くといふことなんです。大概みんなは両端といふものを知らないものです。普通ものを考へる奴は真ん中だけ考へます。それは中庸ではないので、そんな働きのない中庸はないのです。だから両端を叩くのです。

両端を叩かれれば、人間の知恵といふものは天から与へられてゐるので必ず中庸を行くのです。ああ、さうか、と思ふのです。こんなことは、みんな僕らの常識ぢやないんですか。つまり、僕らの常識といふものの一番尊いところは、かうやってあるがままでゐれば、働くべき知恵は僕らが持ってゐるといふことです。他から貰はなくても。

「両端を叩く」の意味については、これだけの引用では分かり難いと思われるが、此処では、孔子が「問ふ」ことの大事を教育の根本原理としていた点を確認して貰えばよい。

要するに、質問が生み出される、その事自体の働きのうちに答えは孕《はら》んでいるという事だ。諸君、出来合いの解答を他人から貰おうとするな。小林が言いたいのはその一点に尽きている。

今日の教育のあり方に深い疑念を抱いていた小林は、大学生を前に彼らの胸に問わず語りに発信する。「これも今の教育方法から見ると、全く反対な教育方法ですね。今のは習ひたくもないのに物を教へてゐるのです。そして試験をして大学に入れさせてゐるのです。これは全然孔子の教育とは反対のことなんです」と。

以上が小林が肉声で語った「講演」のくだりである。これが文章の形に結実する際に、どのように整理され彫琢されるか。次の通りである。

出来上つた知を貰ふ事が、学ぶ事ではないし、出来上つた知を与へる事が教へる事でもなからう。質問する意志が、疑ふ意志が第一なのだ。だから、孔子は、相手の、この意志を叩くのだ、と言ふ。叩いてその方向を示すのだ、と言ふ。それは、自分自身に対してもさう言つてゐる事に他なるまい。正しく質問しようと努める他に、何処に正しい知の働きを身につける道があらうか。

このように、講義で語ったはずの大半は余計な説明として刈り取られてしまう。噛んで含めるような珠玉の言葉もすっぱりと消し去る。ああ勿体ないと我々凡人は思うが、文章にするとはそんなものではない。無駄を省き、語調を整え、すっきりとした姿形に仕立てられる。

読者に対して、文意が理解出来ればそれで済むような文章ではない。余計な言葉を削るとは含蓄する事なのだ。この達人はかくも言葉を惜しむ。そういう次第だから、読者は自問自答しながら読み味わう事を強いられる。一般に小林は難解だと言われるゆえんである。

こうした信念は何も小林に限らない。小林の関心の対象となった傑物は皆そんな文章を書いたのだ。従って小林は辛抱強く自問自答を繰り返して読み抜いた。そして、独自の文章道を拓いたのである。

「胸中の温気」

では、このような文章を遺した小林の作品を味読するにはどうしたらよいのか。勿論近道はない。基礎知識も才能も要ろう。しかしもっと大切なものがある。そのことを福住正兄《ふくずみまさえ》の『二宮翁夜話』に出て来る尊徳の言葉を引いて小林自身が言う。

二宮尊徳は、……大道は譬へば水の様なもので、世の中を潤沢して、滞る処のないものだが、書物になつて了へば水が凍つた様なものだ、その書物の註釈といふものに至つては、氷に氷柱《つらら》がぶら下つた様なものだ。「氷を解かすべき温気胸中になくして、氷の儘にて用ひて、水の用をなす物と思ふは愚の至なり」と言つてをります。大切なのは、この胸中の温気なのである。空想の世界の広大さに比べて、確実な己れの生活の世界の狭さを知れとは、この胸中の温気の熱さを知れといふ事に他なりませぬ。正義を言ひ人道を言ひ日本の大使命を言ふ、併しさういふ言葉も、氷に過ぎず、氷からぶら下つた氷柱に過ぎぬかも知れないではないか。自分の胸がさういふ氷を解かすほど熱いかどうか知るがよいのだ。そんな事はとうに知つてゐる、温気ぐらゐ誰の胸中にもあるのだ、自分はもつと先きを行く、それがもう間違ひだ。間違ひの一歩を踏出す事でありませう。

成る程、己れの世界は狭いものだ、貧しく弱く不完全なものであるが、その不完全なものからひと筋に工夫を凝すといふのが、ものを本当に考へる道なのである、生活に即して物を考へる唯一つの道なのであります。（「文学と自分」）

筆者はこのくだりを読み返す度にぎくりとする。ハッとして迷妄から覚める。——おい、大言壮語する前に、お前の胸中に温気がまんまんと湛《たた》えられているのか、と。それは知識や物の見方の如き身に纏った衣装ではない。問おうとする内心のエネルギーである。其処に小林の視線は常に向けられる。自分にも批評の対象に対しても。

眼光紙背に徹する

この人はどんな風に文章を読み味わうのか。二十歳の頃から小林の全集に親しんで来た筆者にとって、この関心事が念頭を去る事はない。おそらく今後も変わるまい。

有名な「考へるヒント」で折々に取り上げた近世の儒学者を指して、彼らの真骨頂は「読書の達人」だったと評した事がある。仁斎や徂徠らの文章を熟読した小林は、彼らは何を言おうとしたのか、行きつ戻りつしながら真意に迫ってゆく。

そうしたのっぴきならない読書体験が、従来の学者や研究者が読み飛ばした先人の文章を瑞々しく甦らせる。後にも先にもそんな仕事が出来たのは小林だけである。

例えば、宣長の有名な「うひ山ぶみ」を小林のように読み味わう事が出来た人がいるか。筆者は寡聞にして知らない。小林の眼光紙背に徹する眼差しは、巻末にさりげなく添えられた一首の歌に注がれる。

いかならむうひ山ぶみのあさごろも浅きすそ野のしるべばかりも
　本居宣長
寛政十年十月の廿一日のゆふべに書をへぬ

諸君が頻《しき》りに頼むから、物学びの道標のような物を書いてはみたが、さてさてどうであろうか。そんな感慨を抱く宣長の心中に小林は這入《はい》り込む。書くには書いたが、物学びの道に格別の方法も近道もあるわけではない。本文でも繰り返し念を押してい

る。曰く、

（学びやうの法を）さして教へんは、やすきことなれども、そのさして教へたるごとくにして、果してよきものならんや、又思ひの外にさてはあしき物ならんや、実にはしりがたきことなれば、これもしひては定めがたきわざにて、実はたゞ其人の心まかせにしてよき也。詮ずるところ学問は、たゞ年月長く倦ずおこたらずして、はげみつとむるぞ肝要にて、学びやうは、いかやうにてもよかるべく、さのみかゝはるまじきこと也。いかほど学びかたよくても、怠りてつとめざれば、功はなし。又人々の才と不才とによりて、其功いたく異なれども、才不才は、生れつきたることなれば、力に及びがたし。されど大抵は、不才なる人といへども、おこたらずつとめだにすれば、それだけの功は有ル物也。（「うひ山ぶみ」）

成る程、これ以上はっきりした物言いはない。要するに、自得する事、宣長は学びようを語りながら、とどのつまりはそこに還る。

ひとまず書き下ろしてみたが、怠らず歩むほかはないとの思いは募ったろう。そういう宣長の心境に直に触れるところまで読むのが小林の読書の流儀である。

含蓄を掴む読みの極意

こういう、一見肩すかしを食らうような言いぶりには注意を要する。老成したその道の達人がひたすらに励むことだと陳腐な訓戒を垂れたに過ぎないと即断し、気の利いた文句を求めた若者は期待を裏切られる。

実はその若者は筆者で、読むには読んだが、斬新なものは感じられず、その後は長く本棚におさめたままだった。未熟者の読みの浅さが招いた結果である。

小林の読書はそんな稚拙さとは比較を絶する。宣長がこんな言い方をするのも、嫌々ながら書いたからだと見抜く。手軽に物学びの要領を得たいと思うのはいつの時代でも同じだが、そんな重宝なものがあるはずもない。あっていいわけがない。人生を送ってみもせず、処世術を得ようとする滑稽さと似ている。

仮に実践的な学びようを幾つか示してみたとする。人はその方法論だけを忠実に真似しようとするだろう。しかし、いずれは気づく。条件も資質もまるで異なる者が同じやり方を辿ったところで、同じ結論に達するはずもないということを。

だから、私の学びの流儀を教えるのはたやすいが、此方には役立っても君に役立つとは限らない。宣長はそう思っていたはずである。してみれば、確かに言える事は、

「年月長く倦ずおこたらずして、はげみつとむるぞ肝要」の一語のほかはあるまい。

結局は学問というものには方法論は馴染まない。誰にでも分かる常識の道しかあり得ないのだ。だから、あれこれ示したけれども、さてさて、「いかならむ」と疑念を洩らさざるを得なかった。

宣長の巻末の歌を小林はそう味わった。この有名な「うひ山ぶみ」を多くの研究者は扱っているが、誰一人この歌に込めた宣長の思いを汲もうとした研究者はいなかったと小林は指摘する。

ということは、もう、宣長のように学問を体験する人がいないという事にもなろう。だから、こういう歌は飾りか洒落としか映らない。そこにまさか宣長の個性や思想が含蓄されているとは誰も気づかず素通りする。碩学《せきがく》の文章や歌を味読する難しさはそこにある。自分の浅く狭い体験の枠内に相手を取り込んで理解した積もりになるな。小林はそう教えているのだ。

大佛次郎の『天皇の世紀』

「いま一番いい歴史」

円熟期の小林の鑑賞に堪えた歴史物と言えば、大佛次郎《おさらぎ》の『天皇の世紀』にまず指を屈する。

何はさておき、十九世紀末の象徴主義文学運動の洗礼を最初に受けた我が国の文学者達が長い旅路の末に、鞍馬天狗《くらまてんぐ》の作者として著名な大佛次郎が最晩年に朝日新聞に連載して中途で絶筆した作品『天皇の世紀』を期せずして愛読していたというのだから面白い。

昭和四十六年、長い交友の三人が雑誌の特集で久し振りに顔を合わせ、鼎談《ていだん》のひときを過ごしているが、終盤で珍しく小林が新たな話題を持ち出す。話し相手が河上徹太郎と今日出海《こんひでみ》だったから、打てば響くと思って率直に語り始める。以下引用――

小林　僕がいま一番おもしろいと思って読んでいるのは、大佛次郎の『天皇の世紀』だよ。どっかへ出かけるときは、家内にとっておかして、読むんです。

河上　おれは新聞で読んで、また単行本で全部読み返した。いま七巻まで出てるけど。

小林　あれはいま一番いい歴史ではないのかな。毎日八時間ずつはかかると言っていたよ。ガンという病をしょって、実に大変なことだな。また、大変な元気だと驚いている。

河上　あれは近代の名作だな。

小林　この前は徳富蘇峰を愛読していたんだ。が、時代が違うんだな。蘇峰はがんこだよ。

河上　娑婆ッ気があるんだよ。というのは政治的ってことだ。

小林　蘇峰のは、あれだけ自由にはなれないんです。その自由という意味はね。史料の扱い方に端的に出ている。蘇峰の扱い方は、まあ常識的に手際《てぎわ》がいいのだが、大佛のは、そういう普通の扱い方をいわば突破してしまったといったところがある。豊富な史料がひしめき合って、とても手際のいい扱い方なぞ出来ない。まさしくそこに歴史の現実性があるなら、そのままさらけ出した方が増しだ。そういうところに感じられる筆者の手腕の自由なのだ。それが私には読んでいて一番惹かれる所だな。

慶喜《よしのぶ》の扱い方なんぞ、それが良く現れているな。なんでも心得たつもりで、実は無我夢中で歴史のなかを転々して行く。誰もみんなそうなんだろうな。歴史というものは、本当に恐ろしいものだな。その感じが出せないような人は歴史家とは云えないね。歴史の教訓というものも、この感じを通さなくては、発動しないのではないかな。

解り易い歴史などというものは、歴史ではないな。歴史はやはりそのどうにもならぬその正体としての謎を現してくれなければ面白くないな。歴史の現実性とは、謎の味わいだと思う。

これは言うまでもなく実証的事実の尊重ということを眼目として書かれているが、史料のまことに自在な扱い方によって、歴史の謎の魅力を表現しているというところは、僕はやはり筆者が長年フィクションの世界で鍛えた想像力によるように思われたな。（『新潮』昭和四十六年十一月号所収「鼎談」）

小林が此処まで率直に絶賛するのは珍しい。自身、畢生《ひっせい》の大業『本居宣長』を書いていた頃である。

蘇峰の『近世日本国民史』

戦前戦後を通じて小林が愛読した歴史書は幾つもあるが、徳富蘇峰の『近世日本国民史』全百巻はとくに身を入れて読んでいる。この歴史書は織豊政権時代から明治の西南の役までが描かれているが、ふんだんに史料が紹介されていて圧倒される。

こんなエピソードを小林みずから述懐している。おそらく昭和三十年代のことであろう。毎日時間を決めて国民史の読書を課していたが、読んでも読んでもあまりに量が多く、読書の達人も嫌になって放棄したくなった。そうした矢先だった。或る巻を開いたら、冒頭に、本日いよいよ新しき年の元旦を迎える。ついては斎戒沐浴《さいかいもくよく》して天日を拝し、心新たに国民史の執筆に臨む、と心緒《しんしょ》が述べられていたのである。小林はこの一文を見て、襟《えり》を糺されたという。

蘇峰は新しい巻に移る際、時折このような心緒を短い言葉で書き付けるくせがあった。これもその一つである。こうして小林は百巻を通読したのだが、筆者の場合、四十の頃に古書店から全巻入手したものの、結局何度も挑戦して挫折した。

ただ、それなりの成果もある。一例を挙げよう。筆者はかつて幕臣川路聖謨《かわじとしあきら》とプチャーチンとの日露交渉を書こうと思い立ったが、実際の交渉過程の記録を読もうとしても、一部はあるものの全ての記録がなかなか探し出せなかった。

実は我が国が外国との交渉において公式の記録をとるようになったのは、この日露交渉時の川路の指示による。従って全文が残されているのは言う迄もない。そこで、ひょっとしてと思って国民史を開いたらそこに収録されていたではないか。

史料文の一々に必ずしも懇切な解説があるわけではないが、必要なくだり必要な箇所に惜しみなく史料が引用されているのが特色であろう。その点で、小林のいう通り、「常識的に手際がいい」叙述であり、今や筆者は近世から明治初期の歴史を調べる際は、まずは国民史を開くのが習い性となってしまった。

それほど便利な史料の宝庫なのだが、史料の扱いにどうも生彩を欠く一面がなくはない。たしかに一体どうやってこんな珍しい史料を探し出してきたのだろうと思うことがたびたびある。しかし、その史料が作者の叙述のなかに蘇生して歴史の真相を物語るという感じはない。

小林はおそらくそういうところにもどかしさを覚えていたに違いない。それが『天皇の世紀』に接して我が意を得たのである。

「三代の日本人の精神史」

大佛次郎は明治三十年生まれだから、小林より五歳年長の鎌倉文士である。この作家は鞍馬天狗や赤穂浪士の作品で有名だが、一方でフランス第三共和制下の冤罪《えんざい》事件を扱った『ドレフュス事件』や、パリ・コミューンを描いた『パリ燃ゆ』などのノンフィクションを手掛けた人でもある。
その人がなにゆえ『天皇の世紀』を書こうとしたのか。昭和四十一年十二月二十二日「朝日新聞」朝刊の社告にはこう紹介されている。

新春昭和四十二年は明治改元から百年にあたります。本社はその記念事業の一つとして大佛次郎氏のノンフィクション『天皇の世紀』を元日から連載します。大佛氏の実録ものはこれまで『パリ燃ゆ』などヨーロッパに材をとったものだけでしたが、今回はじめて、長年月にわたり想を練った近代日本史と取組みます。『天皇の世紀』は豊富な資料を駆使し、雄大な構想で、明治天皇と近代日本の黎明期に光をあて、将来の日本の方向に一つの指標を与えようという力作。大佛氏もライフワークにしたい——と意気込んでいますので、来年の話題作になるものと思います。

これを読むと、明治百年の企画だったこと、また「今回はじめて、長年月にわたり想を練った近代日本史と取組みます」とあることから、大佛が長く温めてきた仕事だったことが分かる。

実は大佛は敗戦五年後にはや構想を立てていたようである。昭和二十五年七月号の『文学界』で河盛好蔵《よしぞう》と対談し、将来の企画を問われて、こう応えている。

実はもっと先になってですけれども幕末前から現代まで、何冊になるか、十冊位の小説を書きたいと思っています。これは自分のライフ・ワークにしようと思って、この三代の日本人の精神史みたいなものを、何というかぼくの広い間口を縮めるのでなく、その全部を利用するわけです。それは他の人には出来ないです。

この自負その意思、大佛ならではである。病魔と闘い、病室のベッドの上で夜を日に継いで書き続けた鬼気迫る執念は此処に淵源があったのである。

『天皇の世紀』が描く斬新な視座

『天皇の世紀』は、鎖国下の日本で平穏な日々を送っていた京都御所の様子から始まり、まず東アジアに迫ってくる欧米の足音が詳細に記述される。とくにアヘン戦争に至る清国と英国との軋轢《あつれき》が、この手練《てだ》れのノンフィクション作家の筆によって明晰《めいせき》な輪郭《りんかく》を浮き上がらせる。いわゆる西力東漸《とうぜん》の生々しい実態である。

本書ではペリー来航前後の時代はどのように描かれているか、一例を挙げてみよう。黒船来航以後の日本を覆う空気は、明らかにそれ以前とは違った。いつの間にか流れは変わっていたのだ。そういう微妙な差異が本書では鮮やかに叙述されている。その白眉《はくび》が《野火》と題して設けられた一章であろう。

この章では、吉田松陰の下田踏海《とうかい》と南部領農民三万人の逃散という二つの事件が中心に記述され、時代の変化が暗示される。前者は、再来航したペリーの黒船に乗り込んで海外へ渡ろうとした前代未聞の事件であり、ペリー一行に鮮烈な印象を留めた事件であることは、『ペルリ提督日本遠征記』に記されているところからも明らかである。

この事件の顚末《てんまつ》を叙述しながら、著者はこういう点に注目するのである。例えば前時代の高野長英や渡辺崋山らは、蘭学から刺戟を受け海外の空気に動かされて物の考え方を改め、そこから行動を起こした人物たちである。

ところが、吉田松陰も従者の金子重輔もともに旧式の教養の枠のまま、国外に出て外国事情を見て来ようと決意している。また、海外知識を持っていた佐久間象山や大《おお》槻磐渓《つきばんけい》が松陰を援助したのは当然としても、松陰と同様に古い思想教養しか持たなかった宮部鼎蔵《ていぞう》や鳥山新三郎らさえ、ついには激励して送り出したのである。

大佛はこのような変化を見逃さずに「崋山や長英が苦しんだ末に遂に死に就いたような時代とは、世間の人を動かす空気が急速に変った事実を証明している」と看破している。その端的な契機が「黒船」であったには違いないが、大佛の歴史眼には「保守的な傾向の無名の青年たちを刺激したのは、動かずにはいられぬ気運」がまざまざと映る。

しかもこの変化の潮目を、思いも寄らぬ史実を照合して実証してみせる。それが南部領農民三万人の逃散事件である。著者いわく、「ペリー提督の黒船に人の注意が奪われている時期に、東北の一隅で、もしかすると黒船以上に大きな事件が起っていた」と。

南部領の農民が三万人も結集して、途中打ちこわしを行いながら逃散するという大騒動は、前代未聞の出来事である。これが嘉永六（一八五三）年五月、ペリーが黒船を率いて浦賀に出現する一週間ほど前に発生していた。

農民は領内を横断して隣国仙台領になだれ込んで越訴を企てた。慈悲を願い出たのではない。南部藩の圧政と重税、諸役人がやたらと増え、そのために負担が農民にかかることなど逐一書き立てて他藩に訴えたわけである。内政暴露であり、南部藩としては白昼堂々と関所を破られ、隣国に越訴された事実を隠そうと精一杯で、この一揆の新しい性質を理解することは出来なかった。そう大佛は指摘する。

かくて南部藩は仙台藩からも愛想をつかされた上に幕閣の知るところとなり、狼狽《ろうばい》して阿部正弘以下の老中に内済にして貰うよう嘆願、一揆の要求を大方認めることにした。まさに全面降伏であり、封建秩序を根元から揺さぶる兆しの到来だった。

このような史実を中心に叙述しながら、大佛は当時の人々が抱いた時代感覚を「世の中はどこへ行くのか？　この先どうなるのか、封建制の特権の上にあぐらをかいて暮して来た者たちだが、自分たちを囲んでいる壁のようなものを破って外に出て、貧しくとも心の寄りどころのある生活はどこかにないか、と尋ねるような人間が出るのは当然であった」と書いている。

こうした「点々と自然発生した野火の如きもの」が他に発火を誘いながら、行き詰まった現状を打破していく情熱と雰囲気を提供出来なければ、黒船来航にはじまる新たな日本の胎動は認識出来まい。

「歴史小説を書いてみたい」

小林はかつて人に問われて、書いてみたいと思ったのは歴史小説だと洩らしたことがある。大佛のような自在な史料の扱い方に瞠目《どうもく》した小林は心が動いたに違いない。

成る程、あんなふうに書けるのか。歴史小説の形をとった歴史表現に対する憧憬が脳裏を掠《かす》めた。きっとそうだったろうと思うだけで、なにやら心楽しい。

書評としては異例なほど長い「『流離譚』を読む」は、読後感に名を借りた「歴史小説」だったのではあるまいか。いや、筆がおのずとそういう方向に向いたのだ。維新を書くとすれば、歴史小説風に書くに限る。小林はそう確信していただろう。

辻褄《つじつま》が合うように遺漏《いろう》無く史料を並べ立てたからといって歴史が姿を現すとは限らない。史料を活かす術が要るのだ。大佛はどこでその心術を磨いたのか。小林は言う、「僕はやはり筆者が長年フィクションの世界で鍛えた想像力によるように思われたな」と。

吉村虎太郎のように、蹶起《けっき》した途端梯子《はしご》を外されたにも拘わらず、平然として逆境を突き進む。あんな謎の行動に迫ろうとするなら、想像力のほかに方法はあるまい。最後は其処に行き着く。

史料を幾ら用意しても、想像力が働かなければ干《ひ》からびた残骸と化すだけだ。心せよ、――そう語りかける小林の肉声が耳朶《じだ》を打つ。

折口信夫を訪ねて

戦時下の「古事記傳」体験

周知の通り、『本居宣長』の書き出しは次のような回想から始まる。

本居宣長について、書いてみたいといふ考へは、久しい以前から抱いてゐた。戦争中の事だが、「古事記」をよく読んでみようとして、それなら、面倒だが、宣長の「古事記傳」でと思ひ、読んだ事がある。

小林が『古事記傳』を精読したのは、大東亜戦争の真っ直中《ただなか》だった。古事記を読もうとして、どうせならと宣長の『古事記傳』にしたというが、いかにもこの人らしい。この経緯については、江藤淳との対談でも語っている。

江藤　宣長をお書きになろうというお気持ちが動き出したのは、いつごろからだったのでしょうか。

小林　ぼくは『古事記傳』を読んだ後の感動が残っていて、何とかその感動をはっきりさせたいという気持ちがあったんですね。それは戦争中の事です。

西洋の文学や芸術に傾注した批評家が、なにゆえか悠久の彼方の日本人の心象風景に関心を強める。その謎は謎として、少なくとも国の運命を懸けた大東亜戦争と無縁ではあるまい。祖国の運命を思った時、不可思議な力に背中を押された。そうとでも言うほかない『古事記傳』体験だったと言っていい。

言う迄もないが、これは分析の叶わぬ体験である。従って、不毛な言葉を労して二度と繰り返さぬ切実な体験を飾り立てるなど、愚かしいことだ。ここは、銃後にいた批評家の、遠くを見はるかす横顔を想えばそれで充分である。

折口信夫訪問

『古事記』が忘れられて久しい時が流れる。そもそも、外来の漢字を用いて国文を創造し、神話・伝承の物語を文字として書き留めたのが『古事記』なのだが、もう、江戸期の頃には読める者はいなかったのである。

それを伊勢松阪に生まれ育った無類の古典好きが三十年かけて、あらんかぎりの実証力と想像力、直覚力を駆使して我らの祖先が信じた神々の世界を読み解いた。お蔭で我々は『古事記』を読むことが出来る。もし宣長が現れなかったらどうなっていたことか。読むならその苦心の跡を辿ってみたい。『古事記』という成果としての作品を読むよりも、宣長がどう読み解きながら作品を創り上げたか。そちらの方に小林の関心は向く。

『古事記』とはどんな作品かではない。どのようにして創り上げられた作品かという問いが小林の頭を駆け巡る。そういう人だ。そうした資質からみて『古事記傳』は出会うべくして出会ったのであり、必然的な読書体験だったのである。

では、どんな体験だったのか、当時の小林は書き残していないので仔細《しさい》は定かではないが、読み進めるにつれて、宣長が悪戦苦闘する世界に没入したに相違ない。

この時の心情体験を小林は先ほどの引用に続いてこう綴っている。『古事記傳』との出会いは余程の強い体験だったのだろう。

それから間もなく、折口信夫氏の大森のお宅を、初めてお訪ねする機会があつた。話が、「古事記傳」に触れると、折口氏は、橘守部《もりべ》の「古事記傳」の評について、いろいろ話された。浅学な私には、のみこめぬ処もあつたが、それより、私は、話を聞き乍《なが》ら、一向に言葉に成つてくれぬ、自分の「古事記傳」の読後感を、もどかしく思つた。そして、それが、殆ど無定形な動揺する感情である事に、はつきり気付いたのである。「宣長の仕事は、批評や非難を承知の上のものだつたのではないでせうか」といふ言葉が、ふと口に出て了《しま》つた。折口氏は、黙つて答へられなかつた。私は恥かしかつた。帰途、氏は駅まで私を送つて来られた。道々、取止めもない雑談を交して来たのだが、お別れしようとした時、不意に、「小林さん、本居さんはね、やはり源氏ですよ、では、さよなら」と言はれた。

小林は、仕事の上での取り組む対象について、その道の信頼する専門家を訪ねて意見を聞くことがあった。「本居宣長」を執筆中は京都の吉川幸次郎宅まで足を運んでいる。ここでは国文学者の折口を訪ねているが、『古事記傳』の読後感を抑え切れずに出向いたものと思われる。

しかるに、折口は小林の感奮に水を差す。語るのは橘守部の宣長批判のことばかりだったらしい。小林は「浅学な私には、のみこめぬ処もあつた」と控えめに書くが、折口の語るところと自らの読後感との間には大きな隔たりを感じたことであろう。

非難は承知の上の仕事

橘守部の宣長批判は執拗《しつよう》で時に辛辣《しんらつ》である。例えば、「十段問答二巻」を読むと、『古事記傳』は「語辞」に泥《なず》み過ぎた結果、「彼翁（宣長）の癖説は、道を広むるにはあらず、道を狭むるなり。道を開くにはあらで、道を塞ぐなり」と手厳しい。

宣長は余りに古言の探求にこだわったため、注解が詳しすぎて一般の人々は敬遠してしまう。研究者としては古今に並ぶ人はいないほどの大家かも知れないが、古事記伝なる代物は世人が親しめるものではない。守部が言う「道を狭むる」とはそういう意味だ。

さらにこんなふうにも批判している。曰く、「大部にして容易《やす》からず、文雅にして民間には通じ難き所あり」（「意褒牟弥」）と。つまり、『古事記傳』は分量が多いために読み辛く、加えてその巧みな文章は世人には理解し難いというわけだ。

おそらくは、そんな話を折口は語ったに違いない。しかし、せっかくの話ではあるが、小林の内部には何一つ響かない。折口は熱心に続けたろう。この時、小林はどうしていたか。――「私は、話を聞き乍ら、一向に言葉に成つてくれぬ、自分の『古事記傳』の読後感を、もどかしく思つた」

このように、自問自答をしていたのである。言葉の森の道なき道を辿る宣長の後ろ姿を追う小林には強い衝撃が見舞ったろう。言葉にならなくて当然だ。言葉になるにはおよそ二十年を要したのである。

だから、言葉にならぬ以上、橘守部の宣長評を続ける折口に対しては、「宣長の仕事は、批評や非難を承知の上のものだつたのではないでせうか」というほかなかったろうと思われる。

この思いも寄らぬ反応に折口は言葉を失った。恥ずかしかったのは折口だったかも知れない。だからであろうか、別れに際して折口は突然大声を放つ。勿論守部のことではなく、自身の宣長観を伝えるためである。「小林さん、本居さんはね、やはり源氏ですよ、では、さよなら」と。

「小林さーん」

小林は淡々と書いているため、駅に向かう際の雑談で出た言葉のようだが、この時、二人の傍らにもう一人付き添っていた人物がいる。若き日の岡野弘彦氏である。

実は、歌人で国文学者の岡野氏は二十歳の頃、折口宅に住み込んでいた。終戦直後のことである。その氏が二人の様子を回想しているので紹介しておこう。

小林さんが折口のところへ、宣長を書くにあたって、話を聞きに来られたことがあります。そのときに私は折口の家に内弟子としていました。

私は、お二人がどういう話をしていられるか聞きたいものだから、何度も二階の客間へお茶を取り替えに行きました。折口先生もそんな私の気持ちを察していられたのでしょう。小林さんが帰るときに一緒に送っていこうと言って、私と三人で大森駅まで十五分ぐらい歩いていきました。

その間の二人の会話は、ほとんど現代文学についての話でした。ところが、大森駅の改札口の前の階段で、小林さんが丁寧にお礼を言って、「じゃ、これで」とトントンと階段を上がった。その途中、折口信夫が「小林さーん」と周りの人が振返るような大きな声で呼びとめて、「宣長さんは、何といっても源氏ですよ。はい、さよなら」と言ったのです。それが小林秀雄には、とても印象的だったらしく、そのことから「本居宣長」を書き出されています。

本文には、それほど折口のことは引かれていませんが、折口のことをいつも考えておられただろうと思います。(『古事記が語る原風景』)

見送りの際の雑談は文字通りの雑談である。小林の心中には「無定形な動揺する感情」が渦巻き、片や折口は小林に伝えておくべき言葉を探していたに違いない。階段を上がる小林の背中を見送りながら、折口の思いが弾ける。「小林さーん」、折口の声が聞こえるようだ。

宣長は源氏だと言った折口の伝言を小林はしかと受け止めただろう。後年のこと、「本居宣長」を執筆している最中も源氏物語を繰り返し精読しているほどである。

かつて草柳大蔵《くさやなぎだいぞう》が「本居宣長」を連載中の小林へインタビューし、小林秀雄論を雑誌に載せた時、こんなことが紹介されていた。宣長の源氏論に差し掛かると、小林は連載を中断して春から冬になるあいだ源氏物語全巻を五回も読み直したというのである。折口の別れの言葉が脳裏をよぎったに違いあるまい。

「宣長といふ謎めいた人」

さて、時は流れて、「無定形な動揺する感情」はどのような言葉に成ったのか。

今、かうして、自《おのずか》ら浮び上がる思ひ出を書いてゐるのだが、それ以来、私の考へが熟したかどうか、怪しいものである。やはり、宣長といふ謎めいた人が、私の心の中にゐて、これを廻つて、分析しにくい感情が動揺してゐるやうだ。物を書くといふ経験を、いくら重ねてみても、決して物を書く仕事は易しくはならない。私が、こゝで試みるのは、相も変らず、やつてみなくては成功するかしないか見当のつき兼ねる企てである。（「本居宣長」）

成る程、相変わらず動揺は続いていたのか。とっくに動揺はおさまり、謎が解明されていたのなら、小林は「本居宣長」を書きはしなかったろう。

これはベルグソンについて連載した時も同様である。おおよその目処《めど》はついていただろうが、やはり書くという作業は小林にとって出たとこ勝負だ。ベルグソンの場合は中途で連載を打ち切っている。よく知られた事実である。

だから今回もどうなるか先は分からない。しかしだからといって、拋っていては、何時までもあの感動は姿形を成してくれない。小林が筆を取ったゆえんである。

まず感動があって小林は仕事を手掛ける人だ。当たり前のことだと思われるかも知れないが、そういう仕事をする作家はそういない。巷に溢れている本を一瞥《いちべつ》すればそれは分かろう。

さらに難しいのは、感動があればすぐ書けるかと言えば、そんなに右から左へと書けるものではない。感動は揺れ動いてやまない。だから、おさまるまでの時が要る。おさまるとははっきりとした姿形を成すことであって、消え去ることではない。さらに言えば、感動は胸のなかで暖める必要があるのだ。言葉にするためにはどうしても欠かせない条件なのである。

「悲しみを見定める」

こんなふうに書いていると、「美を求める心」の一節が思い出される。

泣いてゐては歌は出来ない。悲しみの歌を作る詩人は、自分の悲しみを、よく見定める人です。悲しいといつてたゞ泣く人ではない。自分の悲しみに溺れず、負けず、これを見定め、これをはつきりと感じ、これを言葉の姿に整へて見せる人です。

詩人は、自分の悲しみを、言葉で誇張して見せるのでもなければ、飾り立てて見せるのでもない。一輪の花に美しい姿がある様に、放つて置けば消えて了ふ、取るに足らぬ小さな自分の悲しみにも、これを粗末に扱はず、はつきり見定めれば、美しい姿のあることを知つてゐる人です。

「泣いてゐては歌は出来ない」――その通りである。泣く程の感動がなければ歌は出来ないが、泣いているだけでは歌には実を結ばない。悲しみなら悲しみを見定めなければならないと小林は言う。

すなわち、詩人は「自分の悲しみに溺れず、負けず、これを見定め、これをはっきりと感じ、これを美しい言葉の姿に整へて見せる人です」と。詩人の仕事をこれほど的確に簡潔に説明した言葉を筆者は知らない。

ここに言う「悲しみ」の箇所に「動揺」や「感動」を置き換えてみたらよく分かろう。小林は長い歳月、『古事記傳』と親しい関係を保ち、戦時中の読後感を見定めて来たと言っていいのではないか。

とすれば、小林の内部に起きた劇は詩人としての営みそのものである。表現してみたら、詩の形式を取らずに散文になったままでのことである。この人はそういう意味で批評家であるとともに、実は詩人でもあったのである。

また、その両方の資質が備わっていなければ、宣長の内部に這入って、その思想の核心を掴むことは出来なかったはずである。

第二章

哲学・思想を語る

「コモン・センス」と「中庸」

トマス・ペイン『コモン・センス』

小林は思想が含蓄された言葉の消息に徹底した関心を抱いた人である。使い古された言葉にまとわりつく贅肉を削ぎ落とし、その言葉が誕生した本来の意味と背景を探って已まない。そうした態度は天性のものだ。

或る時は「天」という言葉を追究したかと思えば、「ヒューマニズム」に想念を巡らす。「考へる」という平凡な言葉にも独特の解説を施して学生たちに語ったこともある。もっともこの説明は本居宣長が説いたものだが、小林はたいへん気に入ったようだ。こんなふうに言う。

諸君、「考ふ」つまり「かむかふ」の「か」は、接頭語で特別の意味はない。「む」は身のことで、「かふ」は交ふ、つまり親しく膝を交へる意。従つて、対象と親しく交はるといふのが、考へるといふ事なのだ、と。

対象を遠巻きにしてじろじろ見る態度など、「考へる」事ではない。これは宣長の説だが、と断っているものの、批評の道を歩む小林には得心するものがあったに違いない。近世儒学者の列伝の如き趣の「考へるヒント」など、そうした態度で臨んだ作品の一つと言ってよい。

このように、言葉が背負っている歴史的な意味を明らかにする手法は小林独自のものだが、その典型の一つが「常識について」であろう。これはもともと講演録であり、大学生を相手に語ったものである。

冒頭に取り上げられたのは「コモン・センス」という外来語である。この言葉が社会的な意味を持つようになるのは、所謂啓蒙思想が勃興した十八世紀であり、直訳すれば共通感覚というが、もともとはアリストテレスが説いた概念である。

誰にも備わっていて機能している五感のほかに、もう一つ、人には第六感が存在する。この第六感は視覚や聴覚などの五感による個別の知覚を統合して束ねる働きを持つ。これをコモン・センスとアリストテレスは呼んだらしい。要するに、個別のセンスでは捉えられない物を全的に知覚する働きにほかならない。

ヨーロッパでは長く平等思想は育たなかった。中世では教会が君臨し、あらゆる世界に階級制が存在した。そうした根強いヒエラルキー世界が崩れて行くのが十七、八世紀で、近代的人間の自覚が芽生える。

丁度この時期だった。長く顧みられなかったコモン・センスの価値が再評価され、平等の智慧というものに光が当たり始める。その嚆矢《こうし》として近代史上かつてない影響を民衆に与えた、トマス・ペインの『コモン・センス』を小林は取り上げた。

戦後、小林はコモン・センスについて思いを巡らした事があったと洩らしている。その時、この有名な本を岩波文庫で読んだという。筆者にはこの事だけでも興味深い。講演は昭和三十九年のこと、六十年安保闘争から四年を経た時期である。又この頃学校現場では日教組による全国一斉学力テストや道徳特設の教育施策に対する反対闘争が続いてもいた。小林は何を思って学生に向かってコモン・センスを説いたのだろう。

常識——自然に備わった智慧

ペインという人は、アメリカ独立戦争を推進した革命家として名高い。彼が一七七六年に刊行した、イギリスからの独立を訴える小冊子『コモン・センス』は、当時のアメリカの人心に多大な影響を与えたと言われる。小さなパンフレットが独立国家を生み出す牽引力になった点では、近代史に刻まれた画期的な文書と言ってよい。

小林が関心をそそられたのは、ペインが人々に独立の気概を促すためコモン・セン

スに訴えた点にある。曰く、

アメリカ独立といふ理想について、自分は、煽動的言辞も煩瑣な議論も必要としてゐない、誰の眼にも見えてゐる事実を語り、誰の心にも具つてゐる健全な尋常な理性と感情とに訴へれば足りる、さういふ考へから、ペインは、その革命文書に、コンモン・センスといふ標題を与へたに相違ない。

かつての安保闘争時に見られた、実体のない空虚なスローガンに熱狂しやすい学生に、コモン・センスの威力を伝えておきたい。小林がそう思ったとしても不思議はない。

喧噪な反米主義一辺倒の安保闘争は何を国民に訴えたのか。イデオロギーに染められたセンセーショナルなスローガンなどはとっくに淘汰され、今や何一つ残るものはない。七十年安保闘争とて然りである。

あの時代、コモン・センスの力を信じたペインのような革命家など見る影もない。人心の襞《ひだ》に惻々《そくそく》として沁み入る生命感あふれるメッセージが一語たりとも発せられたか。

かつての闘争は安保廃止に追い込めなかったから挫折に終わったのではない。人の心を繋ぐ思想と言葉が欠如していたゆえの敗北なのではないか。もちろん小林は其処までは言わぬが、要はそういう事なのである。

講演では、この後ペインからデカルトへ本題は移るが、主題は共通している。

私のお話しの眼目は、さういふ常識と呼ばれてゐる、私達の持つて生まれた精神の或る能力の不思議な働きにある。

という一事なのである。その一例としてペインのコモン・センスに言及したわけである。

デカルトについて、「コモン・センスの哲学」の大御所とでも言うべき、この哲学者の思想を、このように端的に紹介していて興味深い。

常識といふものほど、公平に、各人に分配されてゐるものは世の中にないのであり、常識といふ精神の働き、「自然に備はつた智慧」で、誰も充分だと思ひ、どんな欲張りも不足を言はないのが普通なのである。デカルトは、常識を持つてゐる事は、心が健康状態にあるのと同じ事と考へてゐた。そして、健康な者は、健康について考へない、といふやつかいな事情に、はつきり気付いてゐた。デカルトが、ともあれ、彼が、誰でも持ちながら、誰も反省しようとはしないこの精神の能力を徹底的に反省し、これまで、哲学者達が、見向きもしなかつた常識といふ言葉を、哲学の中心部に導入し、為に、在来の学問の道が根柢から揺ぎ、新しい方向に向つたといふ事は、確かな事と思へる。従つて常識といふものについてお話しするには、彼のやつた事が大変参考になるのです。

此処ではこの程度に止めて深入りはしない。小林がデカルトに関心を強めたのは、常識を「哲学の中心部に導入」した先覚者としてなのだというくだりに注目して貰えばそれでよい。

伊藤仁斎の『中庸発揮』

この講演では、後半に至って日本人の「常識」観が紹介されているので、その点に言及しておきたい。

小林はこう言う。明治に流入したコモン・センスに対して、日本人は「常識」という訳語を創出したが、それ以前に同様の意味を持つどのような言葉を使っていたか。それは「中庸」という言葉だったのだと。

言うまでもなく、『中庸』は四書の一つであるが、実はこの言葉は孔子が初めて用いたものである。『論語』にも一箇所だけ、

中庸ノ徳タルヤ、其レ至レルカナ、民鮮《スクナ》キコト久シ。


と出て来る。中庸は実に立派な徳なのだが、残念ながら人々のあいだに行われなくなって久しい、と慨嘆するくだりだ。但し、この一文だけでは中庸とは何か、定かには分からない。

然るにのち、孔子の孫に当たる子思の撰と伝えられている『中庸』一巻が著される。これは我が国でも広く読まれた古典で注釈も多い。なかでも伊藤仁斎の『中庸発揮』がずば抜けていいと小林は推奨する。

中庸というものを日本人はどのように考えたか、『中庸発揮』を読めばよく分かる。それればかりではない、其処には近代の人間像、ヒューマニズムと言ってよい精神が窺われるという。小林は、仁斎は近代的な人間像を発見した最初の日本思想家だと絶讃

して已まない。

その仁斎は、『中庸』は全三十三章のうち三分の一強の十四章が本文であり、ほかは別の雑文が混入したもので大したことはないと見抜く。読むべきは十四章であるというわけである。

仁斎は朱子学を遠ざけた。いや厳しく批判した人である。例えば宋学では、全ては宇宙を成り立たせている「理」が大切なのだから、これと一体化することが根本だと見る。従って、「人欲」を断って明鏡止水の如き心に至れば天と合体出来ると。

こうした学説に真っ先に異を唱えたのが仁斎である。『論語』そのものを読んでみよ。いったい何処にそんな事実が書かれているか。書かれていないではないか。勝手な忖度《そんたく》をするものではないと指摘した。直に『論語』を読むに若くはない。これが仁斎の揺るぎないスタンスだ。

この点に関して、仁斎は孔子が弟子の顔淵の死に慟哭した事実を指して宋学の誤りを糺《ただ》しているが、小林は此処に注目する。『論語』のこういうくだりである。

顔淵死す。子之を哭して慟す。従者曰く、子慟せりと。曰く、慟する有るか。夫の人の為めに慟するに非ずして、誰が為めにせんと。

顔淵の死に直面した孔子は激しく慟哭。傍らにいた従者が、孔子ともあろう先生があまりにも取り乱すとは何事であろうと怪しんだ。すると孔子は、我に返って、そうか、今私は醜態を晒したか。しかしね、我を忘れて慟哭したのは顔淵のためにしたのだよ。醜態かも知れないが、死んでしまった顔淵を思えばこそ慟哭したのだ。

そう語る孔子の哀切な心持ちが、短いながら論語には刻まれている。仁斎はこのくだりを孔子の真の肉声として拝した。だから宋学が人情や人欲を排して天理に合致するのが道徳だと説く学説は偽物だと見たのである。

最愛の弟子の死に窮まって思わず慟哭した孔子、仁斎は其処に孔子という至高の賢者の本当の思想を感じ取った。宋学という学問の殿堂に十重二十重に取り込まれた孔子の人生と思想を奪回する道、それはただ一つ、孔子の言葉をじかに読み味わうほかにない。それはひとえに読書の達人たらんと努めねばならぬ道である。

こうした、師弟の情を善しとして後世に伝えた『論語』の字句をそのまま信じて読み続けた仁斎の思想に触れ、小林の琴線は鳴った。

「常識について」の講演で声を強めて語っている。「だから、人情といふやうなものは絶対に失くしてはいかんのです。それも常識でせう」と。

「中庸」は事なかれ主義ではない

さて、小林は仁斎の『中庸発揮』を引きながら、中庸の真義に言及するが、それは仁斎の著述に対する深い信頼と共感による。

そもそも後世に著された『中庸』の三分の二ほどは孔子の思想とは無縁だと分析した仁斎は、それらの箇所に見られる「天下ノ大本」とか「天下ノ達道」などの大言壮語は疑わしいものと直感した。中庸とはそんなものではない。

中庸とは、簡明に「過不及ナク、平常行フベキノ道」と解して充分なのである。中庸といふ言葉は、学者達の手によつて、「高遠隠微之説」の中に埋没して了つたが、本当は、何の事はない、諸君が皆持つてゐる常識の事だ。仁斎は、この事を、はつきり考へ、はつきり説いた最初の学者です。

このように、中庸とは常識の意味であるなら、肝腎な事は、定義云々よりも、世の中に如何にして働かせばよいのかという点が重要となろう。然るに宋学の儒者達は字義の解明だけに拘泥した。

彼らは「中」は中正の事であり、「庸」は不易の意味であると解釈するが、これはおかしな事だ。仁斎は、「中」とは「両端ヲ執ツテ、中ヲ用フル」ものだという言い方で通説俗説を剔抉《てっけつ》する。

要するに、観念的に中心とは何かと考えるのではなく、具体的な両端をしかと見るべきなのだ。その上で両極端を取り去る。かくて現れるものが「中」なのである。この順序を間違えるなというのが仁斎の説である。従って真ん中を知ろうとすれば、両端を外せば自ずと現れる。

そもそもこの世の中には、暑と寒、堅と柔、深と浅など万事に両端が存在するではないか。これらの両端を執って初めて「中」は明瞭となり得る。そうであるなら、暑さも知らず寒さの厳しさも体験した事がない者に、中とはどういうものかが分かろう筈もない。

人を憎めばどうなるか、一方で人を愛すればどう心が変わるか、我々は日常のうちに経験している。その日常が教える人生の機微を抜きにして、徒に過不及なく偏りのない程よいところを求めても、そんな観念の弄びで中庸が得られるのかと、仁斎は看破したのである。

右でも左でもない、ニュートラルがバランスがとれていて何よりだと高を括る者への頂門の一針として、仁斎の『中庸発揮』を味読したのが小林の比類ない見識である。小林は講演できっぱりと言っている。「どっちつかずの生ぬるい中間的な存在、事なかれ主義」、そんな優柔不断では駄目なのだ、と。

「太子は日本最初の思想家だ」

阿蘇での一夜の会食

私は大学二年の時から、聖徳太子撰述の三経義疏《さんぎょうぎしょ》研究の書、黒上正一郎《くろかみまさいちろう》著『聖徳太子の信仰思想と日本文化創業』の輪読会に加わった。以来、太子に関心を強めてきたが、若い頃から小林は太子をどう思っていたのだろうと、あれこれ想像を巡らせたものだ。そこで、ひとまずの感想を述べておきたい。

小林が国民文化研究会の合宿教室に五回も出向き、講義を担当したことは今では世に広く知られているが、このセミナーの中核は黒上を師と仰ぐ学徒達の研究会に由来する。従って、太子研究とは結びつきは深い。このことを知った小林は、太子に言及して興味深い感想を洩らしたことがある。同会の夜久《やく》正雄氏の回想記に出てくる。その日は小林が最後に出講した阿蘇合宿（昭和五十三年八月）での講義が行われた夜のことである。小林を囲んで、理事長の小田村寅二郎氏と夜久氏、それにもう一人の講師だった木内信胤氏、文藝春秋社の郡司勝義氏の五人で会食となる。次に引くのは、その様子を記した夜久氏の回想である。

その夜、先生は大分酒量を過された。そして、俗な言葉で言えば、木内先生にからみ、小田村君にからみ、私には、からむほどのものではないとみられてか、『聖徳太子のこと頼みますよ』と、繰り返し繰り返しおっしゃって、ハイ！　というまで容赦なさらなかった。（「阿蘇の一夜」『小林秀雄講演』第三巻）

世界経済調査会理事長だった木内氏にからんだとあるが、実は両人には因縁がある。それは小林の第一高等学校時代に遡る。

一高に進学した小林は野球部に入部した。するとキャッチャーをやってみろと先輩のピッチャーから言われたので、キャッチャーミットを要望すると、グラブで受けろと命じられる。仕方なく小林がグラブで構えていると、容赦なく速球を投げ込んでくる。当然手は腫れ上がって捕球も困難を覚えた。わざとミットを使わせないというしごきに小林の堪忍袋の緒が切れる。途中で先輩に食ってかかりグラウンドを去る。こうして、小林は好きだった野球と縁が切れる。

この一高野球部のピッチャーが木内信胤氏だった。木内氏も合宿講師の常連であり、因縁の二人はこの合宿教室で再会したわけである。小林はかつての遺恨で絡んだわけではあるまい。会食に応じたのが何よりの証拠であろう。

「日本最初の思想家」

それはともかく、ここで注目するのは、小林が聖徳太子の研究を幾度も頼んでいることである。これを切っ掛けに、この時の懇談は聖徳太子のことに移る。以下、夜久氏が記録した小林の発言である。

聖徳太子は、日本最初の思想家だ。太子が書かれた「義疏」（太子著『三経義疏』のこと）といふ本（書物）は、外圧をじつと耐へて爆発するやうに日本人があらはれた、といふものだ。（同前）

小林は太子を日本最初の思想家だというが、この意味を得心するのは少々面倒だ。日本の思想というものに対する理解が熟していないからだ。

東アジアの東端に位置する島国の我が国に大陸の高度な文明が滔々と押し寄せる。拝外主義も排外主義も現れる。混乱の淵にも陥ったろう。現代の我々には想像を絶する。

世界史を見れば、文明発展の必然として併呑《へいどん》されて当然だった。それが二千年以上の生命を保ち、今日に至っている。この歴史の秘密は推古朝にある。すなわち、聖徳太子の出現と、この傑物の悪戦苦闘のたまものなのだ。

太子は、大陸文明に抗することが出来ず翻弄されていた混迷期、不可思議な力に遣わされたかのように現れる。その不朽の大仕事の一つが『三経義疏』であった。

この書は、『法華経』、『維摩経《ゆいまぎょう》』、『勝鬘経《しょうまんぎょう》』という大乗仏典の注釈書ではあるが、小林は仏教書の一つと見るべきではないという考えを早くから抱いていた。例えば、昭和二十五年に発表した「蘇我馬子の墓」に次のようなくだりがある。

「経疏」に、どれほどの太子独創の解釈があるかといふ様な事は、私には解らないし、解らなくてもよい様にも思はれる。彼が、仏典の一解釈などを試みようとした筈はないからである。仏典を齎《もたら》したものは僧であるが、これを受取つたものは、日本最初の思想家なのであり、彼の裡で、仏典は、精神の普遍性に関する明瞭な自覚となつて燃えた、さういふ事だつただらうと思はれる。燃え上つた彼の精神はただ偏《ひと》へに正しく徹底的に考へようと努めたに相違ない。

要するに、太子は仏典の教えを手掛かりに、日本人の生きる拠り所を明らかにしようと奮闘した。言い換えれば、外来の仏教思想の内部に這入り込んで、ついには「精神の普遍性」にも通じる日本の思想を創造したという事だ。

そして、こういう独特の文化摂取を強《し》いられるのが我が国が置かれた難儀な環境だった。ならば、そうした日本文化創業の先駆者は太子の前にはいない。最初の思想家とはそういう意味である。

仏典の範疇を超えた解釈

ここで、太子の「義疏」が単に仏典注釈の範疇《はんちゅう》に止まらなかった実例を、少しく取り上げる。以下は、未熟ながら私の見解であることをお断りしておく。

太子は、隠遁超脱の仏教理解を戒《いまし》めた方で、その証左を『法華義疏』に見ることが出来る。
実は『法華経』の中に修行に励むべき菩薩が近づいてはならぬものが列挙されたくだりがある。次に引くが、文中の「親近せざれ」という句は修行の妨げになるゆえに「近づくな」と戒める意味である。

菩薩・摩訶薩《まかさつ》は、国王・王子・大臣・官長に親近《しんごん》せざれ。諸の外道《げどう》、梵志《ぼんし》・尼犍《にけん》子《し》等と、及び世俗の文筆《もんぴつ》・讃詠《さんやう》の外書《げしょ》を造るものと、及び路伽耶陀《ろかやだ》・逆路伽耶陀《ぎゃくろかやだ》の者とに親近せざれ。亦、諸有、凶戯《くけ》・相扠《さうしゃ》・相撲《さうぼく》と、及び那羅《なら》等の種種の変現の戯《たはむれ》に親近せざれ。……（中略）若し女人のために、法を説くときは、歯を露《あらは》にして笑はざれ。胷臆《くおく》を現はさざれ。……楽つて年少の弟子・沙弥《しゃみ》・小児を畜《たく》はへざれ。亦、与《とも》に師を同じくすることを楽《ねが》はざれ。

常に座禅を好み、閑《しづか》なる処に在りて、その心を摂むることを修へ。

仏道の修行者たる者、身分の高い国王などに近づくべきではない。また、外道《げどう》（仏教外の教え）や梵志《ぼんし》（バラモン教）、尼健子（ジャイナ教）は勿論、世俗の詩歌の類を作る者、路伽耶陀《ろかやだ》（現世主義者）や逆路伽耶陀（神秘主義者）にも接近してはならない。以下、親近してはならない事例が延々と続く。

ところが最後に至ると、一転して「常に座禅を好み、閑なる処に在りて、その心を摂《おさ》むることを修へ」と結んでいる。つまり、迷いの種になるものには近づかず、世俗を離れた場所で座禅を組んで修行せよと法華教は説いているわけである。

この箇所に対する解釈は敦煌《とんこう》本と呼ばれる古代中国僧侶の解釈と太子義疏とはまったく異なる。異なるどころか逆の意味になるのだ。

太子は、経文に挙げられた、接近してはならない事例を九つの範疇に分類した後、「常に座禅を好み、閑なる処に在りて、その心を摂むることを修へ」の意味として十番目の項を設け、

十には、常に坐することを好む小乗の禅師に親近せざれ、と。「本義」は、前の九は、皆是れ応に親近せざるべきの境とすれども、「常に禅定（坐禅）を好み」より以下は、応に親近すべき境なりと明かす。


と解釈する。

ここで太子が紹介している『本義』とは敦煌本を指すものと思われる。この中に、

前の九つは近づいてはならない事例であり、最後の箇所のみ「親近すべき境」、すなわち近づいてよい世界だという解釈が採られている。

ところが、太子はこの『本義』の解釈を採らず、隠遁超脱して坐禅三昧を好む如き小乗の修行僧には近づくなという意味として解すべきだと主張する。

一見すると、『本義』の説明の方が経文に照らしても正しいかに見えるし、たしかに太子の解釈には無理な面が窺えるのは否めない。しかし太子にとって仏典は、一宗教という枠組みの中に押し込めて理解すればよしとするものではなかった。氏族社会特有の閨閥《けいばつ》による弊害、乱れ動く醜い主導権争奪の渦中にあって、国民生活の背骨を構築すべく研究したものだった。

そうした姿勢を一貫して堅持していた太子にとって、指導者たる者が世俗から隠遁して個人人格の陶冶《とうや》に終始するだけでいいのかという疑念を招いたとしても何の不思議もない。

だから太子はこう自問自答する。それでは大乗の精神にも反するではないか。ここは敢えて大局に立って、「常に坐することを好む小（少）乗の禅師に親近せざれ」と受け止めたい。――これはもう、曲解でもなければ改竄《かいざん》でもない。新たに芽生えた独自の思想と言ってよいのではないか。

「私意は少しく安らかならず」

法華経の経文は、この後に偈頌《げじゅ》が掲げられていて、その中に次のような箇所が出てくる。偈頌とは韻文《いんぶん》の形で仏徳を賛嘆し教理を述べたものだ。

顛倒《てんとう》して分別す　諸法は有なり無なり　是れ実なり非実なり　是れ生なり非生なりと　閑《しず》かなる処に在りて其の心を修し摂め　安住して動ぜざること　須弥山《しゅみせん》の如くあれ。

この解釈に際して太子は、敦煌本の解説を読んでみたが、「私意は少しく安らかならず」と不満を洩らす。つまり、どうも敦煌本では納得がいかないというのである。そう疑問を提起して独自の見解を示す。

顛倒分別の心有るに由るが故に、此を捨てて彼の山間に就きて、常に坐禅を好むなり。然れば則ち、何の暇ありてか此の「経」を世間に弘通することをえん。ゆゑに知りぬ、「常に坐禅を好む」は、猶応に親近せざるの境に入るべきことを。

ここに言う「顛倒分別の心」とは、物事を認識する心が逆さになった状態を指す。そもそも心が間違っているために、人の世を捨て「彼の山間に就き」、専ら坐禅を好むだけになるのだと指摘する。

こうして坐禅三昧の隠遁生活に入ってしまえば、どうして此の経を世間の人々に教え広めることが出来ようか、否、けっして出来はしない。そうか、だから「常に坐禅を好む」とは、親近してはならない範疇に入るものとして読み取るべきなのだ、と。

これが太子が拠って立っていた精神的な位置にほかならない。繰り返すが、氏族制度の積弊を打破して国民教化の思想を構築せんと求める精神に、隠遁超脱の世界は無縁なのである。中国高僧の先行文献を丸ごと引き写さなかった紛れもない証左と言えよう。

ここに我が国は、到来した外来文明を自家薬籠中のものにする真の思想家を得たと言ってよい。

太子を後世に伝えた信仰の力

脇道に逸れたが、以上が私見であるゆえ、小林が語る太子像はその一々が共感を伴って私には理解出来る。
小林の次の発言も興味深い。

太子を外国文化の影響に染まつた人、といふ人たちがゐるが、そんなものではない。あの人は本当の日本人だ。自分が犠牲になつて、歴史を作つたんです。だから、日本人はみんな太子を崇めてゐるんです。太子の苦しみが日本人にはわかるんです。それでなくてどうしてあんなに皆んなが太子を思ひますか。（『新潮』小林秀雄追悼記念号）

今日の学者や知識人は古くからの伝説や信仰を軽蔑する。そういうものを一掃してこそ真理に到達出来ると思い込んでいる。とりわけ、長く伝えられてきた聖徳太子に関わる伝説や信仰を排除して実像を捉えるべきだとする考えが広がりを見せているものの、実際には研究上の何の進展も見られないではないか。
聖徳太子を後世に伝えたのは学問ではない。数限りない日本人の厚い信仰である。ならばその信仰は尊重されるべきであろう。小林曰く、「伝説は悉く嘘だといふのも理窟に合はぬ話である。伝説といふ思想は本当だからだ。これは一つの視点である。

さういふ視点から見ないと、太子に宿つた思想の、現実的な烈しさといふものが想像し難い。歴史を読む時に起る不思議である」と。

私の中の三島事件

ジャーナリスティックに扱えない事件

小林が三島由紀夫について語ったのは、当事者同士の対談に加えて、自決直後の談話「三島君の事」と江藤淳との対談で言及したぐらいである。その程度ではあるが、若い私には肚に応えた。とりわけ談話の一文は、その行動と死に関して甲論乙駁の空虚な論評が飛び交っていただけに、感動としか言い様がないものが胸に湧き上がったのを覚えている。

三島事件も堺事件も日本的な事件という点では同じだと、小林は江藤との対談で述べている。要するに、日本でしか起こり得ない事件という意味だ。この小林の感想は今も頭から離れない。堺事件では英国の兵士を殺傷した土佐藩士たちが切腹する。その一部始終は森鷗外の『堺事件』に詳しい。三島の場合は、市ヶ谷の自衛隊で憲法を問い、隊員の蹶起《けっき》を訴えたものの、誰も呼応する者なく怒号のなかで腹を切っている。いずれの切腹も、みずからの行動に対する始末の付け方であるが、こうした幕の引き方は異国の人々には到底理解し難い。いや、三島事件当時は、高度経済成長期の太平ムードを元禄時代になぞらえて「昭和元禄」と呼んだ時代であったから、その頃の日本人にも異様な事件としか映らなかった。

そういう次第で、事件の本質は人々の眼から深く隠れた。そうならざるを得ない性質を持つ事件だったと言える。

……ジャーナリスティックには、どうしても扱ふ事の出来ない、何か大変孤独なものが、この事件の本質に在るのです。（「三島君の事」小林秀雄全集十三巻）

万事がジャーナリスティックに扱われる時代である。そうした風潮の尻馬に乗る連中は後を絶たない。「三島の行動には大変孤独なものがある」という言葉に私は考え込んだが、真意が理解出来る訳もない。ならば、この私も三島の事は孤独の裡に受け止めよう。そう心に決めたのである。

ちょうど二十歳だった私は、小林の談話を幾度繰り返し読んだだろう。十代後半の孤独な二年間、時流に流されない事、何が危機か見極める事、言葉に愛情を持つ事、文化と伝統は意識して探らなければ見付け出せない事、愛国というより憂国の心に生きる事――私が三島から感化されたのは、こうした物の考え方である。無論、稚拙で観念的なものに過ぎない。

しかしその三島は、もう発信する事はない。どうしたらいいのか、ささやかな煩悶《はんもん》の末、土方《どかた》のアルバイトで得た金で新潮社の小林秀雄全集を買った。そして次に引くような哀悼の辞を述べる、この批評の達人を信じる事で、私は前途を拓こうと思ったのである。

事件が、わが国の歴史とか伝統とかいふ問題に深く関係してゐる事は言ふまでもないが、それにしたつて、この事件の象徴性とは、この文学者の、自分だけが責任を背負ひ込んだ個性的な歴史経験の創り出したものだ。さうでなければ、どうして確かに他人であり、孤独でもある私を動かす力が、それに備つてゐるだらうか。

（同前）

三島事件について、これだけの洞察が出来た人は誰もいない。こうした回想を綴っていると、なんだか青春の彷徨を思わせるが、それほど格好良いものでは勿論ない。自己嫌悪に苛《さいな》まれたり時に粋がったり、他と交わらず孤独を気取ったりで、悶々《もんもん》とする辛気《しんき》臭い時期だったというのが実際に近い。そういう次第で、小林と三島は私の内部で分かちがたく繋がっている。両者は指向も資質も全く違うが、実はどこかに共通点があるのだと思う。それを探ってみたい。時は自ずと当時に遡る事になる。

「顕証」が甦る

私は、正直に言って、三島の作品を読んで行っても、途中で放棄することがたびたびあった。いまだに『豊饒の海』全四巻は読了していない。とても読めない。それは私の体質が三島の小説に合わない。それは若い頃から感じていた。どうも三島の文章、組み立て、展開に私の身体は馴染めない場合が多い。

ところが、文学論には引き込まれる。三島がその後も健在であったなら、恐らく不世出の国文学者になったのではないか。たとえば、『日本文学小史』などを読むと、あれが本格的に書かれたら、類を見ない傑作になったであろう。

当時私は、三島の文学論やエッセイに強く惹《ひ》かれていた。なかでも日本の古典を語る時のあの文章の瑞々《みずみず》しさ、非常に鋭い感受性に魅了されたものである。三島が愛読した古典に『大鏡』がある。十代の少年期から親しんだという。言うまでもなく『大鏡』は平安朝が舞台で、藤原道長等が登場する。そのなかにこういうくだりがある。花山天皇が十七歳で即位し、わずか二年ほどで退位を余儀なくされる。背景には藤原氏の陰謀が蠢《うごめ》いていた。

若き天皇は退位して仏門に入るべく、密《ひそ》かに深夜寺に向かおうとする。その時夜空を仰ぐと、見事な月が出て皓々《こうこう》と輝いていた。「有明の月のいみじく明かりければ、顕証にこそありけれ。いかがすべからん」、月のあかりがあまりに明るいので人の目に触れやしまいかと、出家を暫《しば》し躊躇《ちゅうちょ》される。その見事な月の明るさを指して「顕証《けそう》」という言葉で『大鏡』は表現する。

この一節が三十年近い時を超えて、最後となる著作の『豊饒の海』を書いていく時に甦る。自身がこのことを、林房雄との対談で語っている。

本人の言葉で言うと、顕証という言葉が「ひょいと」出て来る。これだ、自分が書きたいこの月あかりの場面は、三十年前に読んだ『大鏡』のこの言葉が一番ふさわしい。こうして三島は、花山天皇に退位の決意をためらわせるほどの月あかりを顕証と表現した、その絶妙の伝統用語を最後の作品に刻んだ。彼はそのような国語伝統の体験が出来た、本当に稀有《けう》な人であった。

「果たし得ていない約束」

このように三島は、日本の古典、国語伝統と一体となった少年期を送った人だ。そのことを念頭に置かなければ自決の意味も分からない。

市ヶ谷で撒《ま》いた檄文にもあるが、自衛隊を国軍として位置付けることや日本の安全保障問題を糺《ただ》すことの一切が、戦後は常に回避され、一つの壮大なる虚構を拵《こしら》えて、その中で生きていかざるを得ないという内的な葛藤、これを一人背負い込んだ。三島由紀夫という人を私はそう見ている。

そうした内的な闘いを三島に強いたものとは何か。自決する数カ月前の昭和四十五年七月に「産経新聞」に書いた「果たし得ていない約束―私の中の二十五年」という文章がある。この中で、自分は敗戦直後から驚くべき繁殖力ではびこった、「戦後民主主義」とそこから生み出された「偽善」を憎んで来たと告白している。

曰く、サンフランシスコ講和条約で日本が独立したあとも、日本人は自ら進んでそれを自分の体質とする道を選択した。まさに壮大なる虚構、その中で自分は「鼻をつまみながら通り過ぎた」と。

たしかに三島の指摘の通りである。檄文にもあるように、法理論から言えば、現行憲法に従う限り自衛隊は明らかに違憲である。しかし解釈改憲で合憲とみなして矛盾を繕《つくろ》ってきた。これも壮大なる虚構である。そういうふうに、辻褄《つじつま》を合わせなければ戦後の日本は存立出来なかった。あからさまに言えば、他人ではなく自分に嘘をついて生きるほかなかったと言ってよい。いくさに敗れるとはそういう事である。

しかし三島は、必ずしも戦後一貫してそうした偽善と対決したわけではない。三島自身、その中にどっぷりと浸かって生きて来たと、昭和四十五年三月に刊行された小《お》高根《だかね》二郎著『蓮田善明とその死』に寄せた序文に告白している。

終戦直後、大学を卒業して大蔵省に入るが、実はいずれ機会を見て小説家になるつもりだった。従って小説家になるための処世術を遵守し、国家や社会の偽善に対しては、見ざる、言わざる、聞かざるの三ざるで行くと決めて生活したという。それがなぜ変わってきたのか。そのことを暗示するように書き残して数カ月後に死んだのである。

『蓮田善明とその死』序文

私は三島に最も影響を与えた人物は、学習院時代の清水文雄と蓮田善明だと見る者の一人である。

その蓮田善明の評伝が初めて世に出たのは、三島の晩年だった。詩人の小高根二郎が、自身が出していた「果樹園」という同人誌に『蓮田善明とその死』と題する連載を書いていて、三島は耽読《たんどく》していたらしい。これが昭和四十五年三月に一本に纏《まと》められて刊行される際、求められて序文を寄せた。

そこには三島の率直で赤裸々な心情が表れている。檄文はあくまで人に訴えるためのものだから味わいに欠けるが、三島が何も計らわずに自分と対話しながら思いをこめて書いたのが、この序文、それから先の「果たし得ていない約束」である。「檄文」だけではなく、これらを併《あわ》せて読んで初めて私達に三島の精神的な歩みが見えてくる。

その『蓮田善明とその死』の序文の冒頭にこう書いている。それは、文人の倖《しあわ》せは凡百の批評家の賛辞を浴びるよりも、一人の友情に充ちた伝記作者を後世に持つことだ、と。

さらにその後に続く一文は注意を要する。こんな内容だ。遠くで雷が鳴る時、まず稲妻が光って窓を射る。そして暫く時が経って雷鳴が轟く。こういう比喩で蓮田と自分の関係を語る。

蓮田は、終戦時のジョホールバルで上官を射殺して、その直後に自分もこめかみに銃をあて自決している。三島は言う。自分にとっては今から二十五年前、すなわち蓮田が自決したという第一報が稲妻だった。にも拘わらず、その後は小説家たらんとして、見ざる、言わざる、聞かざる態度で過ごして来た。しかし今、この小高根の『蓮田善明とその死』を読んで、二十五年目にして自分には雷鳴が轟いて聞こえて来たのだと、この序文を結ぶ。いかにも三島らしい言い方だが、これが彼の生き方だった。

現実を震撼させた「炭取り」

もう一つ、昭和四十三年から四十五年十一月まで『波』に連載された「小説とは何か」という文学論がある。このなかで柳田國男の名著『遠野物語』の文章を印象深く取り上げている。周知のように『遠野物語』は東北の僻地《へきち》の遠野郷に伝承された話を採取して書かれた日本民俗学の象徴的な作品である。その中の第二十二話にこんな話が出て来る。

遠野の郷に佐々木という旧家があって、そこの老婆が亡くなる。そこで、親戚縁者が集まって喪に服していた。深夜になったので、親族は横になって座敷で仮眠をとる。ただ、灯明の火は絶やしてはならないので、故人の娘と孫に当たる二人の女が囲炉裏の炭火が消えないように、炭取りから炭を少しずつ囲炉裏に継ぎ足していた。

ところが、みなが寝静まった深更、裏口から部屋に入ってくる足音が聞こえた。二人が振り返ってみると、いつもの縞目模様の着物を着た、あの棺に納められている曽祖母ではないか。びっくりした二人は、これはきっと幻覚を見ているのだと思った。しかし曽祖母はすーっと近づいて来る。

生前この曽祖母は和服を着ると、背が曲がっているため裾がぞろびくので、裾を三角に折って縫いつけてあったそうだが、その幻覚はそっくりそのままの恰好をしている。糸目まではっきり見えた。しかし向こうの遺体、あれが現実で、この幽霊は幻覚なのだ。おそらくそう思ったに違いない。

ところが、この曽祖母が背をかがめて二人の側を通り抜けて行く時に、炭取り籠に幽霊の裾が触れる。すると、丸い形の炭取りがくるくると廻ったというのである。三島はここに何を感じたか。それは、非現実と思われるものが日常の現実を震撼させた事である。自分が生涯をかけるのはこれだと悟る。

この鋭い感覚、この豊かな感受性、これが壮大なる錯覚に頬被りして何とも思わない「戦後民主主義」のからくりを看破した。見ざる、言わざる、聞かざるを決め込んでも、持って生まれた天与の資質が時代の本質をえぐり出す。そして思い出の中の蓮田善明が活き活きと甦る。あの偽善を許さなかった蓮田が放つ稲妻の光、その光が二十五年目にして雷鳴となって轟いて来た。本当のリアリティある実在とは何か。これを求めて自分も死のう、そこに三島の最後の決意があったのである。私はそう見る。小林の言う、三島の孤独とは、そうした自問自答を指すのではないか。

たしかに現下日本には、憲法、安全保障、教育等々の重要で喫緊の課題が山積している。しかしそれはあくまで現象である。その現象の一番本質は何かを掴《つか》んでいた人こそ三島由紀夫にほかならない。

第三章

人生観

「掛け替へのない命の持続感」

思い出の辞典

私たちは「歴史」が過去のなかに在るものと思い込んでいる。過ぎ去った出来事が実在するはずもない。そこに見出すのは、残念ながら形骸だ。博物館にいかほど土器や埴輪《はにわ》の類が収蔵されても、それは過去のエレメントが展示されているに過ぎない。ならば、歴史は何処に在る。そう自問して、小林は「歴史とは思ひ出である」と見極めた。人間というものは忘れる動物だが、一方で思い出す能力を持つ。二度と還らぬ過去が思い出す力の働きで当人の胸に蘇生する。これが小林の言う歴史である。思い出すには、手掛かりとなる資料も読み解く能力も要ろう。しかし、それ以上に想像力や直覚力が不可欠だ。

最近のこと、九十歳近い母が、こんな物が出てきたと、分厚い一冊の辞典を持参した。手にとって頁をめくると、過ぎた思い出がまざまざと甦る。

父の仕事の関係で西日本各地を転々とした少年期、長崎の伊王島から愛媛県に移ったのは小学校四年が終わった春休みだった。

小学校入学以来、転校を余儀なくされる我が子を不憫《ふびん》に思ったのだろう。何でもいいから言ってみろ、買ってやるという。そこで松山市内の本屋でこの辞典を買って貰った。嬉しくていつも学校に持参した。

帰り道で遊ぶ際は鞄の上に置いていたから、砂煙を被ることや夕立で濡れることもあったが、製本がしっかりしていたのだろう、酷使に耐え続け、中学の途中まで我が友であった。母はこの古びた辞典を処分しかね、長いあいだ保存していたのだという。掌で撫で回していると、昔の光景が油然《ゆうぜん》と浮かんでくる。もう二十年以上前に亡くなった親父の顔も見える。博物館のケースの中ではない、筆者の胸の奥に。

小林流に言えば、辞典は歴史の資料と言えよう。その資料を切っ掛けに、過ぎ去って二度と戻らぬ五十年前の少年期の場面が活き活きと再生する。この不可思議な働きを小林は「歴史」と呼ぶ。

「生きてゐた時よりも明らかに」

この歴史の意味については、『ドストエフスキイの生活』の序「歴史について」及び「歴史と文学」に書いている。以前にも取り上げたが、ここでは前者から引用する。

歴史は繰返す、とは歴史家の好む比喩だが、一度起つて了つた事は、二度と取返しが附かない、とは僕等が肝に銘じて承知してゐるところである。それだからこそ、僕等は過去を惜しむのだ。歴史は人類の巨大な恨みに似てゐる。若し同じ出来事が、再び繰返される様な事があつたなら、僕等は、思ひ出といふ様な意味深長な言葉を、無論発明し損ねたであらう。後にも先きにも唯一回限りといふ出来事が、どんなに深く僕等の不安定な生命に繫つてゐるかを注意するのはいゝ事だ。（中略）

子供が死んだといふ歴史上の一事件の掛替への無さを、母親に保証するものは、彼女の悲しみの他はあるまい。どの様な場合でも、人間の理智は、物事の掛替への無さといふものに就いては、為す処を知らないからである。悲しみが深まれば深まるほど、子供の顔は明らかに見えて来る、恐らく生きてゐた時よりも明らかに。愛児のさゝやかな遺品を前にして、母親の心に、この時何事が起るかを仔細に考へれば、さういふ日常の経験の裡に、歴史に関する僕等の根本の智慧を読み取るだらう。

これが書かれたのは昭和十年代前半、インテリのあいだには唯物史観が猖獗《しょうけつ》を極めていた頃である。そうした時代の渦中にあって、小林は自分が向かう道をこのような形で表白した。

思い出という言葉は、一度起こって了った事は二度と取り返しが附かない此の世の残酷な運命《さだめ》を唯一の条件として成り立つ。其処に人間の理知が関与する事は不可能である。唯物史観であれ何であれ、イデオロギーや主義などでどうなるものでもない。歴史というものの実在感を味わう道は、愛児に死なれた母親の悲しみ、その心の働き以外に何があるというのか。小林はそう自問自答する。

「悲しみが深まれば深まるほど、子供の顔は明らかに見えて来る、恐らく生きてゐた時よりも明らかに」――我々は取り返しがつかない人生を生きる。しかし一方で、思い出すという、これ又天与の能力をも授けられているというのである。子供の顔が生きていた時よりも明瞭に甦るという、そういう人間に備わっている蘇生力。小林はこれを後生大事にしながら仕事を続けた人である。

「君の肩には千年の歴史の重みがかかっている」

昭和四十八年十一月八日、文藝春秋社主催の文化講演会が宮崎県延岡市で開かれ、小林の講演が終了した当夜のことである。筆者は現地で落ち合った友人を誘って小林の宿泊先に向かうことにした。

ホテルに着くと、小林は戻ってはいなかった。何でも延岡名物の鮎を肴に一杯やっているのだという。待つこと一時間半、玄関前に数台の車が横付けされ、名士の一群が入って来た。小柄だが風格のある小林は一目で分かった。

よし、今しかない、そう思うや中に割って入り、小林の行く手を遮った。そして、蛮勇を奮い起こしてこう切り出した。「先生、非礼であることは承知の上ですが、どうしても質問したいことがあって、お待ちしておりました」

小林は実に平然として、「いいえ、構いませんよ。何でしょうか」と応じてくれた。質問はこうだった。「先生は、歴史を知るとは自己を知ることだと仰っていますね。この意味がどうしてもわからないのです。どうして自己を知ることになるんでしょうか」

小林は「歴史についてねえ、それは大変難しいことです……」と呟いたかと思うと、突然顔を上げて「君は歴史が自分の外にあると考えるか」と問うて来た。返答に窮していると、あとは速射砲を浴びているような事態と化した。

君は記憶を持っているだろう。その記憶は君と別ものではないでしょう。一秒前の君と今の君と別人ではないじゃないか。君の過去の何時をとり出してみても別人ではあり得ない。君の記憶はすべて君自身なのだ。君が、今ここにいるのは君に記憶があるからなんだ。記憶がなければ君は存在しませんよ！

此方が言葉を挟む余地は全くない。ないというより、ただその迫力の前に棒立ちの状態だった。酒の匂いがあたりに漂い、顔面には小林の唾が飛んで来る。「あのね、君のこの身体は誰が生んでくれたものですか。君のおっかさんだろ」――そう言いながら小林は筆者の両腕を取る。「はい、そうです」と応じるのが精一杯だった。「じゃあ、この君を生んでくれたおっかさんのことを考えてみたまえ。おっかさんのすべては君の身体の内に流れているんだぞ。そうだろう。そうすると、君がおっかさんを大切にすることは、君自身を大切にすることになるじゃないか」と切々と語りかける。

さらには此方にぐっと歩み寄って言葉を継いだ。「君のこの肩にはおっかさんのすべてのものがかかっているんだ。つまり歴史を考えるとは君のおっかさんのことを考えることだ。もっと昔のことを考えてみたまえ。千年前のことだって同じだ。君のこの肩には日本の千年の歴史の重みがかかっているんだよ」そう言いながら幾度もこの若造の肩を叩かれる。そして、しみじみとした声で嚙んで含めるように諭された。

いいかい、君の身体には祖先の血が流れているんだよ。それが歴史というものなんだ。そこをよくよく考えなくちゃいけない。誰でも宿命をもってこの世に生まれてくるんです。そのことを自覚しなければだめだ。そして、生きて来た責任を果たさなければならないいんだよ。

凡そ三十分に及ぶ深更の「個人授業」はこうして幕切れとなったが、その教示は今も息づいている。

「我事に於て後悔せず」

「僕は無智だから反省なぞしない」

自分が生きて来た世界、それはごく限られてはいるが、何より馴染みの時空間には違いない。不満はあるにしても、空気がなければ生きていけないのと同じように、その世界でしか我々は呼吸出来ない。それでも過去は変えられると思うのは勝手だが、己が歩んだ跡を消せるとは、頭隠して尻隠さずのたぐいだろう。

生きて来た世界がまぼろしだったのなら、そう思う自分の存在もまぼろしではないのか。過ぎたばかりの大東亜戦争という歴史的事件を顧みて、当時の知識人は自己批判や反省を口々に語り始め、過去の清算を競った。未曽有の敗戦を契機として起きた現象である。

小林はこの当時四十代半ば、論壇も文壇も「忌まわしい過去」の抹殺と清算に躍起となり始めた頃である。ならなければ、それは戦犯ものだと言わんばかりの風潮だった。そうした、むせかえるような敗戦直後、雑誌「近代文学」（昭和二十一年二月号）誌上で「コメディ・リテレール――小林秀雄を囲んで」という座談会が企画された。

出席した近代文学の同人は、荒正人《あらまさひと》、埴谷雄高《はにやゆたか》、小田切秀雄、平野謙、佐々木基一、本多秋五の六人である。文学史の上でも有名な座談会だが、ここでの小林の発言が「放言」として話題となり、そのためかどうか仔細は知らぬが、半年後に雑誌「新日本文学」は小林を「戦争責任者」に指名する。以下、「放言」とみなされたくだりを挙げておこう。

僕は政治的には無智な一国民として事変に処した。黙つて処した。それについて今は何の後悔もしてゐない。大事変が終つた時には、必ず若《も》しかくかくだつたら事変は起こらなかつたらう、事変はこんな風にはならなかつたらうといふ議論が起る。必然といふものに対する人間の復讐だ。はかない復讐だ。この大戦争は一部の人達の無智と野心とから起つたか、それさへなければ、起らなかつたか。どうも僕にはそんなお目出度い歴史観は持てないよ。僕は歴史の必然性といふものをもつと恐ろしいものと考へてゐる。僕は無智だから反省なぞしない。利巧な奴はたんと反省してみるがいいぢゃないか。

「お目出度い歴史観」

一般にもありがちな、事件後の犯人捜しや摘発も負け戦であれば尚更で、この際積もり積もった恨みつらみを晴らそうと、糾弾に奔走する手合いが現れる。それも世の常であろう。そういう風潮を忌々しく感じていたに違いない小林に対して、勘に障る未熟な質問が飛び交う。一閃《いっせん》、切り払った、そんな印象を受ける場面だ。

それにしても、「この大戦争は一部の人達の無智と野心とから起つたか、それさへなければ、起らなかつたか。どうも僕にはそんなお目出度い歴史観は持てないよ」という小林の真意が、若き同人らに理解出来たかどうか怪しいものだ。いや、誤解曲解が日常だった時勢である。開き直った発言として受け止められたであろう。

小林は何を言わんとしているのか。君らのように、木を見て森を見ない態度で歴史が分かるのか、そう言っているのだ。この点は重要であるから、以下に例を挙げて補足しておきたい。

かつて比較文学者の平川祐弘《すけひろ》氏が、あらましこんな内容を書いていたのを覚えている。大東亜戦争を見る場合、昭和十六年十二月八日の真珠湾攻撃の一日だけを取り上げるなら、明らかに日本に非がある。しかし月の単位で見るならば、同年四月以来の交渉途中で在米の日本資産凍結や対日石油輸出禁止などの強硬な措置をとり、挙げ句には宣戦布告にも等しいハル・ノートを突きつけ、戦争回避の努力を水泡に帰したのは、どちらかと言えば米国の方である。

では、昭和初期からの動きを「年」の単位で見ればどうか。軍部に政治が左右されるようになった点で、残念ながら日本側に問題が多い。ところが、「世紀」という長い時間で日米関係を俯瞰《ふかん》すれば何が見えるか。ペリー来航以来、日本を支配下に置こうとする野望があったことは明白であろう。その証拠は、ミズーリ号上で降伏文書の調印式が行われた時、甲板に掲示された米国国旗はペリーがサスケハナ号に掲げていた星条旗だったという事実が明白に物語っている。

日本がポツダム宣言受諾を回答した際も、「ニューヨーク・タイムズ」はこう書いたという。曰く、「我々は初めてペリー以来の願望を達した。もはや太平洋に邪魔者はいない。これでシナ大陸のマーケットは我々のものになるのだ」。要するに、ついに長い間のアメリカンドリームを成し遂げたのだと無邪気に小躍りしている記事である。このように、世紀の単位で見れば米国が内に抱えた非が窺われよう。

「自分の過去を他人事の様に語る風潮」

以上でお分かりの通り、たとえ規模が大きかろうと特定の事件や出来事だけを摘まみ上げて論評しても、ほんの一面しか見えはしない。そういう近視眼的な見方を指して小林は、「お目出度い歴史観」と剔抉《てっけつ》したのである。

しかし、この「お目出度い歴史観」は、戦後日増しに拡がった、知識人と呼ばれる人々の間に――。勿論、小林の信念には些《いささ》かの揺らぎもなかった。三年後の昭和二十四年六月に雑誌「サロン」に発表した「吉田満の『戦艦大和ノ最期』」のなかで、「放言」の一件について回想している。

僕は、終戦間もなく、或る座談会で、僕は馬鹿だから反省なんぞしない、利巧な奴は勝手にたんと反省すればいゝだらう、と放言した。今でも同じ放言をする用意はある。事態は一向変らぬからである。

反省とか清算とかいふ名の下に、自分の過去を他人事の様に語る風潮は、いよいよ盛んだからである。そんなおしやべりは、本当の反省とは関係がない。過去の玩《がん》弄《ろう》である。これは敗戦そのものより悪い。個人の生命が持続してゐる様に、文化といふ有機体の発展にも不連続といふものはない。

自分の過去を正直に語る為には、昨日も今日も掛けがへなく自分といふ一つの命が生きてゐることに就いての深い内的感覚を要する。従つて、正直な経験談の出来ぬ人には、文化の批評も不可能である。

歴史に対する反省や清算とは過去を玩弄する事であり、敗戦そのものより悪い、とは大変強い言葉だ。小林が磨いてきた歴史感覚が、祖国の苦闘の歴史を断罪する風潮と衝突した時、こういう直言となって現れたに違いない。それだけに、吉田満の戦艦大和の乗組員としての正直で無私な経験談は小林を捉えて離さなかった。

小林は言う、事態は一向変わらぬ、と。いや、終戦後八十年近くを経た今日、変わらぬどころか、正直な歴史の経験談は払底して了っている。第二の吉田満も出て来ない。

我が国の近代思想史の上から見ると、ここに言う「反省とか清算とかいふ名の下に、自分の過去を他人事の様に語る風潮」を巻き起こした端緒は、昭和戦前期のマルクス主義文学運動が活発だった時期である。それが再び息を吹き返した。息を吹き返すのにはそれなりの理由がある。過去は清算しさえすれば、玩弄しようが断罪しようが露ほども痛手を感じないで済むからだ。「清算」とは何と便利なものか。一種の麻薬である。

宮本武蔵の「独行道」

そもそも小林は、気性の上からも清算などという「狡猾さ」が我慢ならなかったはずである。そういう時、小林は菊池寛が色紙を頼まれるとよく書いていた宮本武蔵の言葉を思い出す。武蔵が晩年に書き遺した「独行道」に出て来る言葉である。

我事に於て後悔せず。

この言葉に小林は深く共感する。ただし菊池とは違う読み方をしているのが面白い。菊池は「我れ事に於て後悔せず」と言うのだが、小林は「我が事に於て後悔せず」と読む。その所感は「私の人生観」に詳しい。

宮本武蔵の独行道のなかの一条に「我事に於て後悔せず」といふ言葉がある。（中略）今日の言葉で申せば、自己批判だとか自己清算だとかいふものは、皆嘘の皮であると、武蔵は言つてゐるのだ。そんな方法では、真に自己を知る事は出来ない、さういふ小賢しい方法は、寧ろ自己欺瞞に導かれる道だと言へよう、さういふ意味合ひがあると私は思ふ。

昨日の事を後悔したければ、後悔するがよい、いづれ今日の事を後悔しなければならぬ明日がやつて来るだらう。その日その日が自己批判に暮れる様な道を何処まで歩いても、批判する主体の姿に出合ふ事はない。別な道が屹度《きっと》あるのだ、自分といふ本体に出合ふ道があるのだ、後悔などといふお目出度い手段で、自分をごまかさぬと決心してみろ、さういふ確信を武蔵は語つてゐるのである。それは、今日まで自分が生きて来たことについて、その掛け替へのない命の持続感といふものを持て、といふ事になるでせう。

そこに行為の極意があるのであつて、後悔など、先き立つても立たなくても大した事ではない、さういふ極意に通じなければ、事前の予想も事後の反省も、影と戯れる様なものだ、とこの達人は言ふのであります。

昨日までの自分は愚かだからないものとし、今日からはまったく別な自分の一歩が始まるのだ。そう都合よく自分に言い聞かせて、果たして心安んじることが出来るのか、出来はしまい。それは自己欺瞞だからである。

ヴァイツゼッカーの欺瞞

それはさておき、「掛け替へのない命の持続感」という言い方に注目したい。たとえ何年過ぎようと、折あらばたちどころに過去の自分と繋がり合えるのが人間が持つ天与の能力である。その能力が我々に「命の持続感」をもたらす。ひいては根源的な生きる力を恵む。それが欠けたら我々は最早抜け殻であろう。清算とは、抜け殻であることを善しとする、極めて非人間的な人生の処理法だ。こういうものを一度手にしたら、人生も歴史も思い通りにやり直せると高を括《くく》るものだ。重宝であるから手放せない。そういう次第で、自己清算はいずこでも流行《はや》る。同じ敗戦国のドイツはもっと徹底している。

西独時代のヴァイツゼッカー大統領が行った有名な演説に「荒れ野の四十年」(一九八五年)というのがある。戦後四十年の節目に、第二次世界大戦を引き起こし、周辺諸国に甚大な被害を及ぼした歴史を回顧するもので、「過去に目を閉ざす者は現在にも盲目になる」と訴え、ナチスによる犯罪を「ドイツ人全員が負う責任」だと言明したこともあって、たしかに賞賛されはした。

しかし意外にも、その論旨には首を傾げる向きも多かった。私もその一人である。彼はドイツ民衆をナチスとそれ以外の人々に分けて話を進める。けっして一緒くたにすることはない。その上で、賠償などの「責任」は引き受けるが、残虐なホロコーストの「罪」はナチスにあるのであって、他のドイツ民族にはないという認識が一貫している。

従って、先に引いた「ドイツ人全員が負う責任」というのは、戦後補償や賠償の処理を指すのであって、罪まで負おうとするものではないところが、この演説のミソと言ってよい。これらについて関心があれば、西尾幹二氏の労作『異なる悲劇　日本とドイツ』(文春文庫)を読まれたい。

いずれにしても、ナチスと非ナチス(若しくは反ナチス)、「罪」と「責任」という概念を都合よく組み合わせて過去を整理して清算する。これもドイツ流の清算の一種であろう。我々日本人はこんな真似は到底出来ない。一部の指導者や軍部だけを槍玉に挙げて責めを負わせようとする向きもあるものの、必ずしも国民的な合意とはなり得ない。そもそもナチスと我が国の軍部は次元が違うし、戦争目的も手段も異なる。何よりも国民を善玉悪玉に仕分け、裁断を下すことなど出来はしない。

しかし西洋では、こうしたしたたかな戦後処理が受け入れられ、今やドイツはEUの優等国だ。近代史を見るだけでも、絶えず攻防を重ねてきた地域である。負け戦における始末のつけ方は慣れている。どう出れば、周囲から一応の理解が得られるか、熟知しているのだ。そうした民族と我々を同列に論じても詮無き事だろう。

小林の言う「掛け替へのない命の持続感」は、個々人は別としてドイツの国家運営においては、断ち切らねばならぬものである。持続感を感じていては、ヨーロッパでは国家として生存出来ない。

武蔵の言葉から思わぬ方向に話が逸《そ》れたが、何事かあれば自己反省を口にする日本人の方が、ドイツ人より自分の影と戯れているようにも思う。そんなもの「嘘の皮」ではないかと、武蔵から指摘されたところで、その鈍感さは一向に変わるまい。今日なお反省、清算のたぐいが続いているではないか。どうしたらよいのか。小林にとっては、「僕は無智だから反省なぞしない」、そうきっぱりと言い放つ事だったのである。大悲劇を経験したばかりなのに、口を開けば清算するための原因追及を言い立て始める。君達は何を経験したのか、蚊に刺された程度の事だったのか。近代日本の知識人と称する者の軽薄さに、小林は思わず一喝の声を上げる。その口をついて出た言葉が、武蔵の遺した「独行道」の一条に寸分の狂いもなく重なった。実に不思議な事である。

さて、武蔵はこの境地に達した直後に死ぬが、小林は其処から円熟の後半生を生きてゆく事になる。

発見された「大和魂」

「大和心を人問はば」

人間の思想の形、それは言葉である。この事に関して、小林は、学生を相手に本居宣長の有名な和歌を取り上げて語ったことがある。

敷島の大和心を人問はば朝日に匂ふ山桜花

この歌は意味は実に易しい。「敷島の」は「大和」に懸かる枕詞だから、さして意味はない。要するに、日本の心とは何かと問われたならば、朝日に映える山桜を見るにしくはない。そう私は応えたい――こういう歌に対して、様々な反響があろう。何だ、詰まらない、平凡過ぎる。そういう批判が出る一方、まもなく散ってしまう潔さと儚さに、殉国の美しさが暗示されて胸に迫る。そのように賛美する声も起きよう。いずれも牽強付会《けんきょうふかい》の解釈なのだが、俗耳に入りやすい。歌を読み味わうことはせずに観念的に裁く。先の賛美の声もそうではあるまいか。

どうしてこういうことになるのか。それは、キーワードに当たる用語の意味が分からなくなっているからだ。宣長のこの歌の場合、「大和心」がそれだ。小林はこう語る。

……「大和心を人問はば」といふ「大和心」もむづかしい言葉です。あの頃誰も使つてゐない大変新しい言葉だつたのです。江戸の日常語ではなかつたのです。なぜならば、「大和心」といふ言葉は平安期の言葉なのです。平安朝の文学を知らない人には、「大和心」などといふ言葉は分らない。

此処にはたいへん面白い事が語られている。大和心は平安期の言葉で、江戸期には日常語ではなかった。そういう意味で宣長が使った大和心は、江戸期の人々にとって「新しい言葉」だったという。これはどう解すればよいのか。実は大和心は平安期の言葉なのだが、鎌倉から室町を経て江戸に至る過程で歴史の闇に消えて了ったのである。おそらく鎌倉の半ばには、もう、忘れられていたと思われる。

大和心に似た言葉に「大和魂」があるが、これも平安期に誕生している。その意味するところは、両者とも今日使われる「知恵」や「常識」に近い。これについては後述するが、いずれにしても、武張った意味もなければ、気負った使用法も見られない。ところが七百年近く経って、この二つの古語が蘇る。此の頃国学が勃興し、古代に遡って儒仏の影響を受けなかった日本の精神を探究しようとする気運が起きたからだ。その先駆者は賀茂真淵であるが、彼は万葉集の研究を通じて「大和魂」に注目し、その重要性を説く。おそらく国学者のうちでは最も早かったと思うのだが、この古語に対する認識には、後進の宣長とは違って彼特有の色が付いているのが分かる。たとえば、『にひまなび』に出てくる次の一文をご覧いただきたい。

末の世にも、女にして家を立て、鄙女《ひなめ》にして仇を討ちしなど少なからず。かゝれば、此の大和魂は、女も何か劣れるや。まして武夫といはる、者の妻、常に忘るまじき事なり。

（道理が廃れた世の中にあっても、女の身でたくましく一家を興したり、田舎の女でも敵討ちを果たすなど、少なくない。このように事例を見れば、大和魂も女だからといって、どうして男に劣ることがあろうか。まして武士の妻たる者、常にこのことを忘れてはならない）

此処で言う大和魂は勇武の気性を持つ者を指している。真淵はそのように解したわけであるが、後続の国学者たちによる牽強付会の解釈と同断には出来ないものの、やはり本来の意味には遠い。その歴史的意味を掴んでいたのは、宣長以外では契沖ぐらいだろう。

契沖の『勢語臆断』

次の文章は、二十三歳の宣長が契沖の『勢語臆断《せいごおくだん》』を読んで感動し、抄写したものである。

むかし、をとこ、わづらひて、心ちしぬべくおぼえければ、「終にゆく　みちとはかねて　聞しかど　きのふけふとは　思はざりしを」――たれたれも、時にあたりて思ふべき事なり。

これまことありて、人のをしへにもよき歌なり。後々の人、しなんとするにいたりて、ことごとしき歌をよみ、あるひは、道をさとれるよしなどをよめる、まことしからずして、いとにくし。

たゞなる時こそ、狂言綺語もまじらめ。今はとあらん時だに、心のまことにかへれかし。業平は、一生のまこと、此歌にあらはれ、後の人は、一生のいつはりをあらはすなり。

病床の男とは在原業平のことである。その彼が死期が迫っているのが分かって辞世を詠んだ。いつかは必ずあの世へ行くものと分かっていたが、もうその日がやって来ようとは――こういう意味の歌を詠んだのである。

　業平は六歌仙の一人で有名な歌人である。それほどの人物があまりに平凡な辞世を詠んでいるものだから驚いた。しかし、読み味わっていると、業平の心境が伝わってきて強い感動を覚えた。

　人はよく狂言綺語で辞世を飾りがちである。業平もひとかどの歌人らしく、それらしい秀歌を残そうと試みたのではないか。いやいや、こんなことでは駄目だ。最期の最期まで己を飾ろうとする。そういう心中の葛藤の末に決然と欲望を断ち切った。こうして正直な心境を辞世に刻んだのである。契沖には、業平が欲望とひそかに戦い、これに克つさまがまざまざと見えたのである。そのことを、「業平は、一生のまこと、此歌にあらはれ、後の人は、一生のいつはりをあらはすなり」と付け加えているのだ。

　宣長はこの契沖の文章を生涯忘れることがなかった。後に、「ほうしのことばにもにず、いといとたふとし、やまとだましひなる人は、法師ながら、かくこそ有けれ」（『玉かつま』）と述べ、辞世に込められた「まこと」が分かる人、そういう人こそ大和魂の持ち主だと説いたのである。大和魂は、私達の日常生活の中に命を繋いでいる。空想の世界では生きられまい。

赤染衛門の歌

では、以下に大和心と大和魂の二語について史料を引きながら考察する。まず、「大和心」が誕生するにはどのような経緯があったのか。じつはこの言葉は平安期の女流歌人赤染衛門《あかぞめえもん》が創り出したものである。

赤染衛門の夫は大江匡衡《まさひら》と言い、平安中期を代表する文章博士で、のち式部大輔、昇殿して帝師となった大江家の逸材として知られる。その二人のあいだに子供が生まれる。そこで、当時の慣習で早速乳母を雇うこととなり、その面接に赤染衛門が当たり、一人の乳母を選んだ。ところが、その彼女は乳母の役目として不可欠の母乳が出なかった。しかも、知識や学歴もあるようには見えない。

これを知った夫の匡衡は、こんな女が博士の家の乳母に雇って貰おうと、よくも応募してきたものだと非難して和歌を詠んだのである。

はかなくも思ひけるかな乳《ち》もなくて博士の家の乳母《めのと》せむとは

「乳」は「知」の意味も含んだ掛け詞。つまり、何と馬鹿なことを思ったものよ、お乳も出ない上に知性もない女がインテリの家の乳母になろうとは、という意味である。この歌を受け取った赤染衛門は、早速このような歌を返した。

さもあらばあれ大和心しかしこくば細乳《ほそぢ》につけてあらすばかりぞ

此処でも「細乳」は掛け詞で、お乳の出が悪いことと知性に乏しい意味の二つを指す。

そんなことはどうでもいいではないか、大和心さえしっかりしていれば、我が子を預けても構わないではないか。そういう歌を詠んだ。その歌いぶりには、実に強い響きが感じられる。拝外主義に立つ知識があったところで、それだけの人に我が子は託せない。やはり日本人の心を体した乳母なればこそ安心出来る。

知識よりも生きた知恵の方がいかに人生には大事か、そんなこともあなたは分からないのか。そういう主張を言外に含んだ颯爽たる一首と言えよう。

当時、漢才をいくら積んでも知恵や思慮分別に欠ける知識人がうんざりするほどいたのである。その異形の知識人層に敢然と抗したのが慧眼の赤染衛門だったと言ってよい。

光源氏が語る「大和魂」

不思議なことに「大和魂」も一人の女性の創作だ。その女性とは、長編小説『源氏物語』を書いた紫式部、赤染衛門とは親しい関係である。

『源氏物語』のなかに「乙女の巻」というのがあって、この巻に初めて大和魂という言葉が出て来る。どんな場面なのか、掻い摘まんで紹介しよう。

主人公光源氏の息子である夕霧が元服を迎え、彼の進路について光源氏が或る決断を下す。それは夕霧を大学に進学させるというもの。当時の大学は現在の大学とは全く違うもので、高級官吏になるための高等教育機関だった。

多くは中級下級の貴族の子弟が入学するもので、光源氏の長男であれば無試験で上級貴族の地位に就くことが可能だ。そういう点では夕霧は生まれながらに将来を約束されていた。

ところが、光源氏は夕霧を大学にやるのだと言い出す。このことを耳にした、夕霧の母方の祖母である大宮が異論を唱え、なにゆえ遠回りをさせるのかと詰問に及ぶ。

この時、光源氏はかねてからの思いを大宮に語って理解を求めた。参考までに、谷崎潤一郎の口語訳を掲げておこう。こういうくだりである。

高い家柄の子息として、官爵も思いのままになり、栄華を誇る癖がつきますと、学問などで苦労するのは廻りくどく思うようになりましょう。遊戯に耽り、望み通りの官位に登るというようになれば、権勢に従う者どもが、腹の底ではせせら笑いながら、世辞を言ったり機嫌を取ったりするものですから、その当座は自然ひとかどの人らしく思えて偉そうに見えますけれども時代が変って、親たちなどに死なれたりいたしまして、落ち目に向って参りますと、人に侮り軽んぜられて、身の置きどころもないようになります。やはり学問を本としてこそ、大和魂も一層重く世に用いられるのでございましょう。

高貴の地位にありながら学問などの苦労を知らず、その特権で人の上に立っていても、仕える臣下から内心軽蔑の眼で見られていたというのが当時の実態だった。炯眼《けいがん》の式部は、そうした人間関係がもたらす幸不幸を見尽くしていたことだろう。一門の権勢に翳《かげ》りが見えれば、しだいに周囲は離れてゆく。当時も今もそれが世の中の常である。だからこそ式部は光源氏をして「学問を本としてこそ、大和魂も一層重く世に用いられるのでございましょう」と語らせた。

原文では、「才を本としてこそ、大和魂の世に用ゐらるゝ方も強うはべらめ」と表現されている。これが「大和魂」の初出である。

異形の知識人

ところで谷崎は、「才」を「学問」と訳しているが、この学問とは中国から伝わった法律や制度、漢学などの知識を指す。平安期にはますます盛んとなり、栄達を望む男たちにとってその修得は必須の条件だった。

しかし一方で、指導者のあいだに日本人本来の知恵や感性は軽んじられて行く。これでは日本は精神的に滅びてしまう。おそらく式部はそう思ったのだろう。

しかし、法律や漢学の知識を無視することは出来ない。その恩恵は当時の政治や文化の隅々に浸透していた。世に立つ以上、修得は不可欠だった。

そうした自問自答の末に、「才を本としてこそ、大和魂の世に用ゐらるゝ方も強うはべらめ」、すなわち大和魂を発揮出来るように学問をすべきだ。そう確信を以て説いたに違いない。

したがって、「どのようにしたならば、大和魂を力強く世の中に発揮できるのか」と問い、「才を本としなければならぬ」と受けたのが、式部が言いたかったことである。

では、大和魂とはどんな意味なのかということだが、分かりやすい用例が「今昔物語集」巻二十九に見えているので、此処に紹介しておく。

当時、明法《みょうほう》博士の清原善澄《よしずみ》という実在の学者がいた。或る時、この善澄の自宅に強盗が侵入して来る。主人の善澄は咄嗟に床下に身を隠し、様子を窺っていると、強盗は金品を盗み、挙げ句には室内を散々打ち壊して出て行ってしまった。善澄はあまりに悔しいので、床下から這い出て強盗に向かい、「おい、おまえたちの顔はしっかりと見たぞ。検非違使《けびいし》に言いつけて、片っ端から捕まえてやるからな」と叫んだ。これを聞いた強盗は、ただちに引き返して善澄を斬り殺してしまう。

話はたったこれだけなのだが、作者は結びに「善澄、才はいみじかりけれども、つゆ和魂無かりける者にて、かゝる心幼き事を云ひて死ぬるなり」と書き添えている。「和魂」とは「大和魂」と同様の言葉である。此処では、知恵や思慮分別の意味で使われている。すなわち、善澄は漢才はゆたかであっても、知恵や思慮分別に欠けていたというふうに評価が下されている点に注目して頂きたい。

知恵を磨くことなく、外来の知識を蓄えることのみに躍起になっていた異形の知識人がうんざりするほどいたのである。清原善澄博士も、そうした浅墓な一人として取り上げられた。今も似た状況ではあるまいか。

第四章　教師残影

「教師」としての面影

沈黙の講義

小林秀雄は学生をこよなく愛した人である。世の文芸史家はその事実を殆ど知るまい。直に学生として謦咳《けいがい》に接した者には実感として分かる。筆者が肉声を通じて教えを受けたのは都合四回におよぶ。

小林が学生を直接相手に教壇に立ったのは、戦前戦中の明治大学教授時代、そして、戦後における社団法人国民文化研究会主催の「合宿教室」での五回に亘る講師としての時期である。では、学生とのあいだにどんな問答が繰り広げられたか、その教師としての横顔を紹介しておきたい。

明治大学に請われて教師に就任したのは昭和七年四月の事である。すでに新進気鋭の文芸評論家として名を馳せていた頃である。当初は文学概論やフランス文学などを担当したが、のちには日本文化史の新講座を設けて歴史を教授する。

どんなふうな講義をしていたのか。教え子の回想談が遺されているので、幾つか拾い上げてみよう。

　或る年のこと、講座「ドストエフスキイ研究」が開講されたのは寒い日だった。教室に入ってきた小林は、ただ無言で空を眺めていた。どのくらい時間が経ったのだろう、ぽつりと、「ロシアといふのは、かはいさうな国だね」と呟いて再び沈黙する。それで一時間の授業が終わって了った。一人の学生から「もう時間ですよ」と声が掛かると、「うん」と応じて帰って行ったというのである。

　おそらくこの時期は、小林がドストエフスキイに傾注していた頃であったろう。夥《おびただ》しい資料の山から見えてくる、十九世紀末ロシアの荒廃する精神風土に満身を晒して研究に没頭していたものと思われる。

　精神が病み果てた光景をどのように表現したものか、懊悩は続いたろう。大学勤務は生活の糧を得るためだからと割り切るなど出来はしなかった。小林はそういう人だ。この時の沈黙を文句一つ言わず共有した学生の態度も立派だと筆者は思う。まんじりともせず小林に見入っている学生の姿が目に浮かぶ。

　今、大学教師として勤める筆者にとって、こうした沈黙の講義、すなわち言葉が出せない程のドストエフスキイとその時代に対する濃密な沈思黙考が近代高等教育史上に実在した事実に、筆者はただ瞠目するばかりである。

オリジナルの教科書

小林の伝説的な挿話は様々な友人が書いているが、その教師ぶりに言及した記録は少ない。なかでも授業の仔細は教え子の思い出話によるほかないわけで、その証言は貴重だ。第一章で取り上げた「明治大学文学部五十年史史料叢書Ⅶ」の『文芸科時代』には、小林と明治大学の教え子五名の座談会が収録されていて興味深い。前述の挿話もこの座談会で紹介されたものである。

これによれば、小林が授業に工夫を怠らなかった一面が窺われて意外だった。一世を風靡する新進気鋭の評論家が名ばかりの大学教師になり、適当にお茶を濁して学外活動に憂き身をやつす如き似非《えせ》教師とはまるで違うのである。

大学では夜学も設けられていて、勤労学生にも教える事があった。当時の彼らは貴重な時間を割いて通ってくるのだから、実に熱心だった。一言たりとも聞き洩らすまいと講義に臨む。その真摯さに小林も襟を紀されたという。

僕は大学は怠けたことないよ。十五分遅れると、夜学の学生は怒つちやふから、遅れることできませんよ。きちつと僕は出ましたよ。フランス語の講義だつてさうだよ。白墨で書くの疲れるよ。来てゐる人は、みんな昼間働いてゐる人でせう。ちやんと働いて、その金で習ひに来てゐるんです。先生が遅れたら学生は怒りますよ。だから一分だつて遅れることはできなかつた。

このように、批評の文学道を果敢に突き進みながらも、一方で昼間と夜間双方の学生の教育に精励した。今どき、これほどの大学教師がいるのか、顧みて忸怩《じくじ》たる思いに駆られる。

昼間はそれぞれの職場で働き、身銭を切って大学の夜間にやって来る学生。その彼らのための講義はゆめ疎かにすまじと小林は決意して教壇に立っていたのである。

例えばこんな事もあったという。フランス語の授業中に質問を受け、一応は答えた。しかし、どうも不安がよぎる。そこで小林は授業を暫し中断、先輩教師の岸田国士の研究室を訪ねて「いま学生に聞かれたけど、僕はかうやつたけれども、先生はどうですか」と確かめた。そして戻ってきて再び授業を続けたという。教え子の一人は、「そんな率直な先生は、ほかにはありませんよ」と述懐する。

あやふやなものを教えるなど、小林は一切しない。直感や想像と不確かさとは違う。迷いが生じたら、その場で確かめねば済まない。そうした生来の気質が此処に顔を覗かせている。学生は唖然としたろう。教師然と構えて適当にあしらう人ではない。

第一、学生のために謄写版でフランス語の教科書も作成し、それを使って授業を進めたというのだから、片手間に教師をやったわけではない。初め研究社の雑誌『英語研究』に連載し、それを学生用に編集し直したそうだ。題して「英語の生徒のためのフランス語文法」、中学程度の基礎英語で学習可能な教科書である。

学生にとって半世紀近く経ても忘れられない教師小林秀雄の面影が此処に彷彿としている。

「間」とリズム

講義の際は、ノートを風呂敷に包んで持参するのが慣わしだったが、そのノートを見ながら話を進める事はなかったらしい。そう教え子から聞かされた小林は、往時の思い出を次のように語っている。

ただ、書いたものを見てしゃべるといふことはできないもんですよ。しゃべるには一つのリズムがありますから。間といふものがあつて、聴衆といふのは、その間に乗つてくるもんなんだ。

だから内容よりも間が大切なんです。間のはうから内容に行くんで、内容がわかるのなら、これは本を読んでゐればいいんですから。だから僕は間のはうを大事にしてゐたから、話はさういふふうになつたわけだ。

ここに言う語りの「間」、この大事については、戦後の合宿教室における質疑応答でも学生とのあいだに遣り取りをしている。間というのは単に小休止でもなければ虚空《こ くう》状態でもない。沈黙の中にも充実した何かが満々と湛えられている。それが間というものの働きであり、人をして耳を傾けさせる不可思議な力なのだ、と。

たしかに、小林の講義には独特の「間」によるリズムが流れている。現在、CDに収録された講義録を聞く人は誰しも、いつの間にか引き込まれる不可思議な魅力を体感しているはずだ。それは、この人の一流のリズムに乗せられるからである。

小林は話の中身以上に、間とリズムが大切だとも言い切る。大学の講義もそうだったに違いない。かつての教え子を前にこう述べる。

リズムがないと、人間と人間とのあひだの魂・精神の交換なんて、ありえないんだよ。間がないから、知識がこつちへ渡るだけだから、この知識は、こつちにほんとは渡つてないんだよ。
ほんとに渡るのは間で渡るんだよ。知識を活かすものは間なんだよ。ほんとにわかるといふことは、さういふことなんだよ。

前述の講義「ドストエフスキイ研究」での沈黙は、今から思えば、期せずして生まれた最長の「間」だったと言ってよかろう。小林の思想的格闘が学生にさながらに伝わったと筆者は信じる。

「上手に質問せよ」

小林は明治大学でも合宿教室でも、「上手に質問してくれよ」と口癖のように繰り返し要求している。「信ずることと知ること」の講義では話が一段落すると、そろそろ質問してくれないかな、諸君と対話しようよと呼びかけ、ベルグソンを引きながら質問の仕方を伝授した事がある。

人間の分際で、この難しい人生に向かって解決を与えるという事は出来はしない。ただ、正しく問うという事は出来る。だから、諸君、正しく問おうと努めてくれよ。現代の混乱をどうしたらいいかなどというのは質問がなっていないのだ、と。

「常識について」の講義では、こんな学生との遣り取りが交わされているが、小林らしい応答である。

学生　我々学生は現代において如何なることを理想とすべきでせうか。
小林　理想といふものは人から教はるものではないだらう。理想といふものに火をつけるのは君なんですよ。さういふ質問には答へられないな。君が発明したまへな。

人が問えば、何でもかんでも教え諭そうとする。教えられるものと高を括って饒舌《じょうぜつ》になる。今のジャーナリズムがそうだし、教育の現場でも変わりはしない。問う側も解決策を手軽に求めたがる。それは現代の病根だ。
だから小林は、解答を与えるのではなく、相手の質問の根っこを叩く。唐突に問う虚しさに気づかせようと応じる。相手の学生の表情、物の言い方のすべてを一目で看取し、思考の曖昧さと危うさを真正面から突き、みずからの内心を見よと促す。これこそが教育の真髄である。
しかし、この人は学生に対してそっぽを向くことはしない。この時は、いい加減な質問を指摘するだけでなく、論語の一節を引いて、諄々《じゅんじゅん》と真意を説いて已まなかった。

君に実感として湧いて来ない理想を私は君に与へる事が出来ない。孔子の「憤せざれば啓せず」の言葉のやうに、あなた自身が憤することが大切です。

孔子は同じところで「悱せざれば発せず」とも言つてゐる。口でうまく言へず、もぐもぐさせてゐる位でなければ、みちびいてやらないといふのです。かういふ教育はだんだん少くなつたが、原理としてはこれは亡びることはない。

「憤」とは心のなかを駆け巡る憤り、「悱」とは上手く言い出せずにいらだつ状態の意。すなわち、心の底から何かを求めて激しないような者には、教えてやることもなければ導くこともしない。

他人の私が君に理想を与える事など出来るわけはないではないか。君がもがき苦しみながら求めるほかないのだ。人から理想を貰おうなんて甘ったれるな。そんな厳しい指摘を努めて分かりやすく説く小林の肉声は孔子かと紛《まが》う心地がする。――「必ず自得しなければいけないものがあるんですよ。さういふものがあるんですよ」と。

「科学に負けてはいけない」

君の質問には答えられない。みずから発奮せよと言い放つ小林は、一方で、身を乗り出し、噛んで含めるように懇々と学生に教示する人でもあった。

合宿教室の質疑応答の時間に、一人の女子学生が手を挙げて不安げにこんな質問におよんだ。

自然科学が索漠たるものだつたら、どこか恐くなるやうな……。自分の中でどのやうに整理したらよいのか、とまどつてゐます。先生のお話によると、科学は認識とはならないといふお言葉でしたが……

当時、「科学」という言葉はまるで葵の御紋のように大学の世界に氾濫していた。自然科学は当然としても、社会科学や人文科学というように、科学でなければ学問に非ずという勢いだった。歴史学も「科学的認識」が何より尊重され、疑問を差し挟めば非難を浴びた頃である。

そんな時代だったから、合宿教室の講義で小林が科学万能の風潮を厳しく批判すると、この学生のように動揺する者も出て来た。この時、小林はすぐ彼女の言葉を引き取って、こう語りかけたのである。

本当に物を知るのは科学ではない。科学といふのは物の法則を知るんです。いいですか、そこはね、よくよく考へて貰はなくちゃいけないんだよ。僕らの生きる経験といふのは科学は要らないんです。生きてゐる意味合は認めないんです。いつでも科学は物と物とはどういふ関係にあるか、一口に言へば因果関係だね。それを目指してゐるんです。さういふ意味で科学は認識ではないと言ったのです。それから、法則を知ることだつて人間には大切なことぢやないか。だから科学を捨てろと言ふんぢやないんです。科学に負けてはいけない、科学は本当に物を知る道ではなくて、むしろいかに僕らは能率的に行動すべきかといふ法則を見出す学問なのです。だけど、その物自体は認識出来ない。

だから、この認識は科学みたいに便利なものぢやないですよ。むしろ、僕らの生活をたいへん複雑にします。だけど、僕らの生活を生活し甲斐のあるものにするのは、さういふ認識です。僕らの生活が僕らの認識によつて喧嘩にもなる代はりに愛にもなるだらう。

認識といふのはさういふふうに非常に面倒なものです。しかし、その面倒なところに人生があるんですよ。……科学はその手助けをするだけなのです。

科学は真理は一つという道を行く。しかし、我々の生活認識は人それぞれに違うものだ。違うからこそ誤解も生じれば喧嘩にもなる。されど、愛が芽生える事だってあるではないか。そういう認識の道が実在する事を銘記せよと呼びかけた稀代の教師小林秀雄、私達は忘れない。

「質疑応答」という思想劇

「感受性は育つ」

民俗学者柳田國男の学問の根底に実在した、その豊かで鋭い感受性に言及した講義は、筆者も指呼の距離で傾聴していたが、学生の一人は天才の感受性に触れ、あまりの違いに圧倒されたのか、こんな質問を小林に向けた。「柳田先生の感受性についてお話になりましたが、感受性は先天的なものだと考へると、自分が救はれないやうな気がいたしますが……」と。

この時も、小林ならではの応答ぶりであった。「この世には天才はゐるのだ。君だけぢやない、僕だつて自分を情けなく思ふことがあるよ。だけど、そんなことを僕ら凡人は余り気にしてはいけません」と語りかける。気をつけて欲しいのは、自分には感受性はないかも知れないなどと思ひ込んでしまふ事だ。「いいかい、感受性がないんぢやない。それをわざわざ隠すのです。余計なことを諸君はしなければいいのです」と注意を促した。

たしかに、柳田は不世出の天才だ。あの人には多くの弟子がいたが、その学問を受け継げた人は折口信夫だけだろう。若き折口が上野の自動電話の下にしゃがんで、そのあかりで『遠野物語』を読んだ体験を書いているが、ああいうのを見ると、やはり天才同士の出会いとしか思えない。だからといつて、僕ら凡人がくよくよしてはいけないよ。君にだつて感受性はあるのだ。鋭い人と、鋭くない人があるかも知れないが、「皆持つてゐる感受性を、生意気な心で、傲慢な心で隠してはいけない。さういふ傲慢な心さへなければ、諸君の感受性は皆育つのです。どんどん育つのです」

質問の学生だけではない。この時、筆者も他の学生も皆が皆、その温容を仰ぎながら、君は君の感受性を育て給えと諭す小林の教示をしかと受け止めた。昭和四十九年夏、霧島高原での一場面である。

生意気な心、傲慢な心は、大学の学問の中にもマスコミの世界にも充ち満ちていた時代である。世の中は一つのテーゼで理解出来る、革命は必然の流れである。そんな空理空論に酔いしれる。

そんな言語空間にどっぷりと浸りながらも、辛うじて何かが違うぞと怪しみ始めていた若者は、小林の教えに実に新鮮に反応した。

此処に見られる、悲観もさせなければ楽観も許さない応答、これこそ教育の真髄と筆者は見る。

諸君、本物に触れよ

小林の講義では東西の芸術家も縦横に取り上げられたし、美というものについても言及される。そこで、こんな質疑応答も見られた。

先生は山桜花が美しいとおっしゃいましたけど、僕なんか、ルノアールの絵は好きですけど、他の有名な美術家の作品なんか見てもなかなか美しいとは感じられないのです。さういふ感じ方は生まれつきなのか、それとも、訓練すれば美しいという感じをつかむことが出来るのか。お答へ頂けますか。

この質問は感受性は磨く事が可能かというもので、前述の質問をさらに発展させた問いかけである。

そもそも感受性の訓練など、学校教育で殆ど形骸化しているのが現実で、年に一、二回ほど芸術鑑賞と称してお茶を濁すのが関の山であってみれば、こうした質問が出て来ても、ちっとも不思議ではない。今の時代なら、なおさらである。

第一、学問と感受性の鍛錬は次元が違うと見るのが一般の考え方だ。おそらくは困惑ととまどいのなかで出された質問だったと思われる。

此処でも小林は「生まれつき」はあると言い切る。しかし、それはそれとして、後天的な訓練の大事も説く。普段から見たり聞いたりして、目や耳を訓練していなければ鋭敏な感覚は発達しないときっぱりと言う。

美は抽象的なものではない。実に具体的な手触りの経験である。そうした、みずからの美を求める経験から事例を挙げて説明におよぶ。

小林の教示は常にそうなのだが、曖昧な抽象論では事を済ませない。学生に語る講義や質疑では、覚醒させられるほどの深遠な思考の過程を我々に提供する。其処には曖昧模糊はない。分からなければ分からないと率直だ。そのメリハリが潔い。この時も親しい画家の梅原龍三郎との付き合いから知り得た経験から説いている。

たとへば梅原さんなんかは、……驚きますね、彼の目玉の働き方は。ものを見て覚えてゐること……。やはり絵を描いてゐる人たちは、いつでも目を訓練してゐるから、見えてゐるんですね。実際、僕等は見えてゐないんですよ、全然見えてない。それが見えてくるんです。

青い空、紺碧の海、緑なす森などというように、そのものを見る前に概念が視力を阻む。それが我々の日常であり、その瞬間から千変万化する自然の妙を凝視しない。ところが、プロの画家は違う。色を見る、形を捉える、動きを追う、我々素人とはまるで趣を異にする感覚が自在に働く。そうした平素の積み重ねは驚くべきほど目玉を錬磨する。だから、天分もあるにはあるが、訓練も大した力を持っているのだよと諭す。

小林は一時期、刀に凝った時期があるが、その時の体験談も持ち出して話を続ける。

ある時期、刀屋がわたしのところへしよつちゆう来てゐたんですよ。で、刀を教はらうと思つて、あれはいろいろな見方があるわけですが、例へば〈映り〉つてものがある。

ところが、それがどういふものか説明する事が出来ない。「ここにあるでしよ、ここに。ほら御覧なさい、今出てをります、これ〈映り〉です」と言はれて、いくら見たつてありやしません。「今にお見えになります」と、かう言ふんですね。

これは想像ぢやないんです。出てゐるんです。だけど、僕らには感じないんです。ところが、見て見て見てるうちに、見えるんです。さういふ事があるんです。

刀剣の世界では、古刀の刃に見られる白い光沢の景色を「映り」と言うのだそうだが、素人の小林には見えない。地団駄を踏んだだろうが、傍らの目利きの刀屋には見えている。これが錬磨の違いか、小林は合点した。

その体験を学生に語ってみせる。修練次第で其処まで到達し得るのだと分からせたいのである。

真贋を見極める

さらに、こう続ける。

君だつて、ルノアールが好きだなんていつてるけど、ルノアールの目玉から見ると、君の目玉なんてのは赤ん坊みたいなものなんだ。あんたは物なんかほとんど見てないのと同じなんだ。

たとへばバラを見たつてだな、ルノアールはどのくらゐ、色を見分けてゐるか、君はただ赤いといふが、ルノアールはその中に、たくさんの色を、分析的に見てゐる。その能力は、訓練で出来ると思ふのです。だから、訓練しなきや駄目なんです。本もさうですよ。本もたくさん、たくさん読むと、見えてくるのです。

直感力といふのも、むろん、訓練で得られるものです。例へば人を見るのでもさうです。ある経験を積みますとね、解るんです。

我々凡人とは隔絶する天才を仕事の対象とした小林だが、その天才の天才たるゆえんを明らかにしながらも、凡人にも開かれている普遍の道はあるのだと示す。其処にこの人の「教師」としての資質を筆者は見ている。

小林は「真贋」という卓抜のエッセイを書いている。骨董屋の主人が新入りの小僧をいかにして目利きに育てるかを綴った文章だ。修業方法はただ一つ、一流の本物の骨董に年がら年中触れさせればよい。そのうち、贋作を手にしたら、たちどころに真贋を判別出来るようになるというのである。

訓練にはたった一つ条件がある。それは「真」、すなわち一流に接するという点だ。小林自身がそういう道を歩いた。死して後已む、この人にはこの言葉がふさわしい。学生諸君、本物に直に触れよ。小林の放ったメッセージは今も耳朶《じだ》を打つ。

「無私を得る道」

以前、筆者が入手し、折々に掲げては眺めている小林秀雄直筆の一幅の書がある。批評独特の筆遣いで「批評とは無私を得る道である　秀雄」と書かれたものである。批評という文業をみずから定義した言葉として知られている。

では「無私を得る」とは何かと改めて考えると、これはなかなか難しい。無私とは得ようとしなければ得られないものだ。それは分かる。しかし、その先が定かにつかめない。学生の一人もそう思っていたのだろう。合宿教室の際に質問した。当の小林はどう応じたか。

無私といふのはね、得ようとしなければ得られないんです。客観的といふのは無私とは違ふんです。よく客観的になるといふでしよ。主観を加へちやいかんと。主観を加へちやいかんといふのは易しいんです。でも、無私といふのは得なきやいかんのです。それは難しいな、ちよつと。君は無私にはなかなかなれないですよ。客観的には君はなれるよ。だけどね、なんにも私を加へないで、あなたが出て来るといふ事があるんだよ。あなたがね、自分を現さうと思つたつて現れはしないよ。

自己を主張してゐる人は狂的ですよ。よく観察して御覧なさい。さういふ人は自己の主張するものが傷つけられると、人を傷つけます。だけども、僕を本当に分かつてくれる時は、僕が無私になる時です。

僕が無私になつたら、僕の言ふ事を聞いてくれます、人が。さういふ時に僕は現れるんです。僕が人に聞かさうと思つたつて僕が現れるもんぢやないんだ。

ちよつと難しいことです、今のあなたの質問は。なんとなく分かつた？　それが無私を得るつて事です。

無私とは己を喪失する事ではない。では、小林が「私を加へないで、あなたが出て来るといふ事がある」というが、我々もジャーナリズムも「私」を加えようと躍起になる。他人との親和を欠いたまま主張だけが世を憚らず突出する。そんな邪念が覆っていて誰が聞こうとするか。そうした含意も聞こえて来るような応答だ。

「御尤も」と「御覧の通り」

小林の著作には折々に「無私」という言葉が顔を覗かせている。あの『ゴッホの手紙』にも出て来るし、ずばり「無私の精神」と題したエッセイもある。

一場の質疑応答ゆえ、学生には一と口に説明するには「ちよつと難しい」と答えたが、「無私の精神」では知人の実業家の例を挙げて、その真意を暗示している。

その有能な実業家は無口で議論を好まない人だったらしいが、口癖が二つあった。人が何かを主張すれば「御尤も」と受ける。自分の事を問われれば、一切の弁解はせず「御覧の通り」と応じるのが常だったという。

小林はこの知人の口癖には「或る言ひやうのない魅力」を覚えた。彼をよく知る仲間のあいだでは、この口癖は知られていて、あの人の「御尤も」と「御覧の通り」には手も足も出ないと語っていた由である。要するに、彼には人を説得するのに「御尤も」と「御覧の通り」の二つがあれば足りた。

こうしたエピソードを挙げながら、小林はこう綴る。少し長いが意味深長であるからして、此処に引いておく。

考へる事が不得手で、従つてきらひで、止むを得ず実行家になつてゐる種類の人が一番多いのだが、また、さういふ実行家が、如何にも実行家らしい実行家の風をしてみせるものだ。この種の退屈な人間ほど、理窟など何の役にも立たぬ、といつも言ひたがる。偶然と幸運による成果について大言壮語したがる。一般に、意識家は実行家ではないといふ俗見の力は、非常に根強いものだと思ふ。あれもこれも、心に留めて置きたい、ある場合も逆の場合も、すべての条件を考へたい、だが、実行するには、たつた一つの事を選んで取り上げねばならない。さういふ悩みで精神が緊張してゐないやうな実行家には、興味が持てない。子供の無邪気とは、自ら異るからである。（中略）

実行家として成功する人は、自己を押し通す人、強く自己を主張する人と見られ勝ちだが、実は、反対に、彼には一種の無私がある。空想は孤独でも出来るが、実行は社会的なものである。有能な実行家は、いつも自己主張より物の動きの方を尊重してゐるものだ。現実の新しい動きが看破されゝば、直ちに古い解釈や知識を捨てる用意のある人だ。物の動きに順じて自己を日に新たにするとは一種の無私である。（中略）

現代文化一般にわたる論議や批評が、ジャーナリズムの上に氾濫してゐる。これが、現代文化の真の動きの上に咲いた花であるかどうかは、甚だ疑問であるが、どれを読まされても、御尤もと言つて置けば充分な人々、文化について意見を聞かれゝば、御覧の通りと答へて、文化を産んでゐる人々、さういふ人々は、ジャーナリズムには無関係に存してゐる事は、確実のやうに思はれる。

真の実行家には無私があるとの確信はかくも強い。無私とは物の動きに順じて自己を日に新たに出来る事、学生のみならず、今の我々にも難題には違いない。

承前・「質疑応答」という思想劇

ロマンティックな歴史観は歴史ではない

何時の時代も歴史ブームが再来する時、皮相な人間観が流行っては早晩廃《すた》れて行く。諸君、そんなものは歴史ではない、気をつけ給えと、小林は注意を喚起した事がある。これも合宿教室における質疑応答での一齣《ひとこま》だった。

この時の質問者は実は筆者で、無知な若造が問うたのは歴史の学び方であったが、小林は当時の歴史ブームにずばり釘を刺した。まずロマンティックな歴史、すなわち大衆小説に見られる歴史観は駄目なのだと、容赦なかった。

太閤秀吉は、テレビに出て来たやうな、あんな男ではありませんよ。あの人は現代のテレビ俳優などが演じられるやうな男ではありません。だから、テレビにのるやうな歴史は信じてはいけません。

おそらく、これはＮＨＫ大河ドラマとして昭和四十年に放映された「太閤記」を指していると思われる。当時としては高い視聴率を誇った作品だが、当節の俳優などが演じられる人物ではないと小林は言うのである。

秀吉像は、とかく庶民派としてもてはやされたり、一種のサクセスストーリーとして扱われる事が多い。かつて田中角栄が首相に就任した時、新聞に「今太閤」の見出しが躍ったように、世俗に迎合した人間像が演出される。一方で朝鮮出兵などという非道な侵略行為を思いつくなど、愚かしい男だという見方も根強い。

事程左様に、持ち上げたかと思えば罵倒《ばとう》するといった風で、未曽有《みぞう》の戦国期を生きた傑物の歴史的意義を仔細に検討しようとする態度は、大衆小説やテレビドラマには微塵《みじん》も見られない。あれは歴史を描いているのではなく、娯楽ドラマに過ぎない。そう小林は戒めたのである。

小林にとって秀吉は実に不思議な存在として映っていた。近世以降の日本を考える場合、その転換期は応仁の乱である。あの時日本の身代はすっかり入れ替わってしまう。その荒野の中から新たな日本を創り出す傑物が出現する。それが秀吉が担った歴史的役割である。

因みに、秀吉の如く先例のない人物が学問の領域に現れたのが中江藤樹である。藤樹の言葉、「天地の間に己一人生きてあると思ふべし。天を師とし神明を友とすれば外《ほか》人に頼る心なし」との覚悟は、寄る辺なき荒涼たる世界から身を起こした者のみが醸《かも》し出す凄みが感じられる。

徒手空拳で道を拓いた豪傑、この二人の出現は小林を強く捉えた。『本居宣長』のなかで横道に逸《そ》れながら、彼らが生きねばならなかった時代を、「武士も町人も農民も、身分も家柄も頼めぬ裸一貫の生活力、生活の智慧から、めいめい出直さねばならなくなつてゐた」と簡潔明瞭に叙して、「日本の歴史は、戦国の試煉を受けて、文明の体質の根柢からの改造を行つた」のだと観る。

そうした乱世に一応のけりをつけたのが秀吉だった。このような秀吉を単純でロマンティックな物語を好むテレビドラマが描けるわけもない。歴史ドラマを装いながら、実は茶の間に合わせた現代の物語であって、それを歴史と混同してはならぬとの教えは今も筆者の物学びの指針だ。

文禄・慶長の役にしても、単純な朝鮮侵略を目論んだものではない。結果として甚大な被害をもたらしたが、そもそもは中国への侵攻を企てるスペインの戦略を知った秀吉が東北アジアの防衛策として、先に中国を予防占領すべく、朝鮮半島を途上しようとして起きた騒擾《そうじょう》が発端である。

この事実は、高瀬弘一郎氏の労作『キリシタン時代の研究』(岩波書店) に翻刻された当時のキリシタンによる軍事占領計画文書に明らかである。

キリシタンによる明の征服計画は信長時代に知られていたらしく、これが実現すればひいては日本にも牙は向けられる。そこで信長のあとを引き継いだ秀吉はキリシタンの動向に細心の注意を払う。いわゆるバテレン追放令を出したのも、彼らの意図をいち早く見抜いたからである。

秀吉がスペインの拠点マニラに降伏勧告の使者を派遣したのも、列強による侵略を排除するための布石だった。これだけの遠大な防衛策を構想し得た人物をテレビ番組に仕立てることなど出来はしない。スケールが違い過ぎる。

かくて小林の教示は、歴史ドラマや歴史小説から筆者を遠ざけた。同世代に比べて司馬遼太郎などの小説家の作品を読む経験が乏しい理由はそんなところにある。

「歴史」とは何か――考古学を峻別

さらに小林は現代流行の考古学的な歴史観にも痛烈な矢を放つ。「神武天皇なんて嘘だといふやうな歴史。嘘だといふのは今の人の歴史に過ぎません。歴史はみな信じられたものです。信じられた通りに信ずることができなければ、歴史は読まない方がいいのです」と。
長い文業の果てに小林が辿り着いた対象、本居宣長は『古事記』に伝承された神話を読んで、みなあの通りだと信じたという。それが神話時代の歴史なのだから、信じられないとしたら、神話など読む必要はないと断言した口調は印象に残っている。こんな言い方だ。

国生みといふ事が信じられてゐたといふ、その事が歴史ですけれども、そんな馬鹿なことはない、実はかうであつたといふ新井白石流のやり方。新井白石がこの頃評判がいいのは、現代の歴史家はみなあれをやつてゐるからなのです。本当はかうであつたといふ歴史。これは考古学であつて、本当の歴史にはふれない。だから、歴史を己れの鏡にするといふことは非常にむづかしいことです。昔の人が信じた通りに、自分もそれを経験することができなければ、歴史など読まない方がいいのです。

此処に見るように、考古学と歴史を峻別するのが小林の歴史観である。やたらにあちらこちら掘り起こして、間違いなく此処に藤原の都があったのだと実証出来れば安《あん》堵《ど》する。そうした仕事は考古学であって、歴史とは一線を画する。歴史は「自分もそれを経験すること」であって、知的な実証が出来ればそれで済むものではない。

新井白石は、宣長のように信ずる道ではなく、疑惑を晴らす方向へ進んだ学者である。我が国の「記紀」に著された神話をどのように考えたらよいか、次々と膨らむ疑惑を解明したくなる。これは白石の資質と言ってよい。

彼は神話に登場する神々をどう理解すればいいのか考え抜いた挙げ句、「神トハ人ナリ」と解釈を下す。例えば、日の神は太陽そのものではなく太陽を祀る人を指すのだと捉え、その徳が太陽のように広大無辺であるから日の神と名づけた筈だと理解する。

白石がそうした解釈を施した理由は、彼の教養のバックボーンに儒教思想があったからだ。儒教では人の生活は道徳によって営まれなければならない。従って日常の経験にはない不思議な事柄は意味のないことと見做す。論語に「怪力乱神を語らず」という一句があるが、孔子は不思議なことと非日常的なことについては、ついぞ口に出して語らなかった。

かくて我が国の儒者の間にも、人間の生活を支配し導くものは「神」ではなく、人間として最も優れた「聖人」であるという考え方が浸透していたのである。そこで白石は、不合理に見える神代の記述は一種の比喩であって、合理的な理解の範疇《はんちゅう》に引き込んで解釈し直せばよいという考えに到達する。

ところが、宣長は『古事記』は本文に記述されている通りに読み取らなければならぬと主張した。宣長によれば『日本書紀』は漢文で表記されているから、どうしても中国の思想が混り込まざるを得ない。一方『古事記』は漢字を用いながらも初の国文で記述されている。そこに着眼して、神代史の思想を純粋に表したものとして『古事記』を第一に置いた。

このように、国文の記述を重視するということは、表現媒体そのものに意味があると見るわけで、宣長は言葉を字句通りに解釈し、三十二年の歳月をかけて『古事記傳』を仕上げる。

「貝殻を生きることはできない」

では「昔の人が信じた通りに、自分もそれを経験する」とはどういう事なのか。筆者は、昭和十五年に上代史研究四部作の著作が出版法違反に問われた際、その公判で被告となった津田左右吉《そうきち》が陳述した記録を読んで、成る程こういう事なのかと合点した覚えがある。

津田は本居宣長の説を「古典の解釈の画期的な事業を為した根本」であると讃えて、現代人としてはあるべからざることが、上代人としてはあるべきこととして考えられていたのだという。

例えば、女の子が人形を持って遊んでいたとする。その人形は大人から見れば物体に過ぎないが、子供にしてみれば生きた人間そのものとして扱っている。だから人形の手がもがれてしまうと、子供は本当に人間の手が落ちたと思って泣き出す。これと似た点が神話を考える場合にはあると津田は言うのである。

是れ（神話）は人間の思想の表現でありまして、さういふ形に於てさういふこと（神々の物語）を語らなければならない欲求が、人間自身に存在して居つた訳であります。……是れは人間の心理上の事実であります。……是れは歴史上の事実であり、文化史上の事実である。

こう述べて、津田は新井白石などの学者の誤謬《ごびゅう》は、上代と後世の人々の考え方の違いという点を理解しなかったところにあると剔抉《てっけつ》して已まなかった。

「昔の人が信じた通りに、自分もそれを経験する」とは、津田の言う「さういふ形に於てさういふことを語らなければならない欲求」を追体験してみることだ。そうして初めて、遠く過ぎ去って今はない過去の人々の心情が生き返る、我々現代人の心の中に。

歴史は形骸を認識するだけでは画竜点睛を欠く。かつて其処に存在したという事実を知ってそれで君は満足か。君の心に千年前の人々が生命が誕生するように甦って来なければ、いったい歴史を読む意味があるのか。

小林は念を押すように語りながら、イタリアの歴史哲学者ベネデット・クローチェも引いてこう結んだ。

さういふ点で徹底してゐるのはクローチェです。歴史といふのは、みな現代史なのだとクローチェは言つてゐるのです。現代の人が、ある史料を持つて過去に生きることができるのなら歴史家と言へるのです。けれども貝殻を生きることはできないぢやないか。だから、考古学的歴史といふものは、みな空虚なものです。みな空虚とは言へないまでも、まあ一種の学問なのです。

けれども昔から僕らは歴史を鏡と言つたのです。鏡の中に自分自身が映るのです。読んで自己が発見できないやうな歴史は駄目なのです。歴史はどんな歴史もみな現代史であるといふことは現代のわれわれが歴史をもう一ぺん生きてみることができるといふ、さういふ経験をさしていふのです。……君の顔が見えなければ駄目なのだ。君の顔が見えれば、歴史は君のためになるぢやないか。日本の歴史は諸君のためになるぢやないか。

けれども、『古事記』の言つてゐることは、どこまで本当で、どこまでが嘘だなどといふことを研究しても、それは一種の学問ではあるけれども、僕の言ふ歴史ではないのです。歴史といふ言葉が一番はやつてゐるくせに、今一番忘れられてゐるのは鏡としての歴史です。『増鏡』とか『今鏡』とか、昔は歴史のことを鏡と言つたのです。昔の人がどういふ精神で歴史を書いてゐたか、さういふ人の心持を今の人が忘れてしまつたことがいけないことなのです。

想像力──「その人の身になつてみる」

自己が発見出来ないような歴史は駄目なのだと、小林は繰り返し教えた。すなわち「鏡」としての歴史だ。遺跡を発掘して裏付けをとる。それはそれで必要なことだ。しかし、私の言う「歴史」ではない。それは一種の「学問」の世界の話だ。僕は貝殻を発見する道など興味ないな。貝殻を生きることは出来ないから……。今もそんな呟《つぶや》きが聞こえて来るような気がする。

筆者は、ここで思い出す。岡潔を相手に小林が特攻隊について語った言葉である。


特攻隊といふと、批評家はたいへん観念的に批評しますね、悪い政治の犠牲者といふ公式を使つて。特攻隊で飛び立つときの青年の心持になつてみるといふ想像力は省略するのです。その人の身になつてみるといふのが、実は批評の極意ですがね。

（『人間の建設』）


特攻隊を出撃せざるを得なかった背景と事情を仔細に分析して実態を解明する。しかも、あらかじめ「悪い政治の犠牲者といふ公式」を用意して。それは批評ではないと小林はきっぱりと言う。この「批評」を「歴史」と置き換えても差し支えあるまい。小林すると、歴史に肉迫する極意も「その人の身になつてみる」という事になろう。小林が歩いたのはこういう道だ。

たしかに、その人の身になってみるためには想像力が要る。しかし、その想像力だけで十分なのかと、不安を覚えた学生の一人が質問に及んだ時、小林は言った。

十分です。ただ想像力といふ言葉をよく考へてください。想像力といふのは空想力ぢやないんです。空想力といふのはでたらめなことを空想する、だけど想像力といふものの中には理性がある。そこには、感情も理性も直覚もみんな働いてゐる。さういふ充実した心の働きを想像力といふのです。

学生はもう一度確認した——「自分の想像力を信じてよろしいのでせうか」。小林は和やかな表情を浮かべて応じた、「ああ、いいですとも」と。

講義「文学の雑感」と私

血となり肉と化す

学生を対象とした小林の講義を初めて聞いたのは「文学の雑感」と題された録音テープである。筆者が大学二年生の時だから殊の外印象が強い。

この講義は昭和四十五年八月に雲仙で開かれた、国民文化研究会主催の合宿教室で行われたものである。何度聞いたことだろう。二時間に及ぶ講義と質疑応答は殆ど諳《そら》んじて了った。血となり肉になるとは、筆者にとってこの講義録を指す。

氏が本居宣長に打ち込んでいる渦中だったから、紡ぎ出される言葉の数々には、その密度の高い精神生活の一端が窺われて興味尽きない。

物を如何に見るか、どう考えを進めるのか。そうした精神の営みの最良の手本がこの講義録だった。未熟な若い魂はすっかり魅了された。

冒頭に長年嗜《たしな》んだ煙草をやめた話が出て来る。検査の結果、コレステロールが増えているので、煙草をやめたらどうかとかかりつけの医者に勧められる。

よし、それじゃ煙草をやめる。そう即座に決断して、医者の前に煙草とライターを置いて帰ろうとした。すると、医者が診察室から煙草とライターを手に出てきて、小林さん、そんな根性じゃ煙草はやめられないよ。煙草もライターも持って何時でも吸えるようにしたうえで、やめようとしなければ駄目だ。そう告げたそうだ。

面白い事を言う医者だが、この忠告を聞いた途端、小林は成る程もっともだと感心したという。これが小林の感受性である。こうして合点が行ったら、強靭な精神力で事を断行する。日常の些事であれ、本職の文業であれ、万事にそうだ。小林はこういう性質の人だという事が分からなければ、その文章を読んでも面白さは掴《つか》めまい。

如何なる場合も、この人の関心は人間の心身の働きに注がれている。文学でも芸術でも、そこに含蓄されている精神の営みを認識する道をけっして外れない。それが流儀と化した人だ。

だから、薬の話を取り上げても、結局は人間に行き着く。例えば人参《にんじん》の効能を語る場面がある。人参の薬効には二つのエレメントがあるという。一つは下痢を止める働き、もう一つは便通をよくする働きである。

今の製薬会社は、この相反するエレメントを別々に抽出して薬を作る。ほかは捨ててしまう。ところが昔は人参を胃薬として丸ごと食した。従って、腹を下した場合、下痢を止めるエレメントをどう選べばいいのか。当の人間の身体が選択していたそうだ。

ひょっとすると、利かないと即断して捨ててしまった他の部分の中に、実は人間の身体に判断させるエレメントが含まれていた可能性がある。そんな話を製薬会社の研究所長から聞いて小林はたちどころに感応する。

人間が持っている不可思議な判断力と、それを適切に活かす人参に含まれる何物か、その絶妙の関係を切り捨てる製薬の実態、そこに現代文明の病根を見る。これが小林独特の感受性である。そこにこの人の批評魂が宿る。

宣長に連れ添う

そんな枕の話から、小児科医として生計を立てながら学問を続けた本居宣長の仕事へ移って行く。

円熟期の小林は近世儒学者や国学者の研究に没頭したが、そこに現代文明に対する根本的な批評が宿っている点を見逃しては元も子もない。晩年の大著『本居宣長』の仕事が抜きん出ているゆえんはそこにある。

その点を過《あやま》たず読みとらなければその著作群はただ難解で退屈なだけであろう。歴史は現代史であると言ったクローチェの言葉を借りて、現代の我々の心に過去が生きて甦らなければ、それは歴史ではないのだと小林が繰り返し説いていたことを、ここでもう一度思い出されたい。

我々の心に迎え入れようと努めなければ、過去の中に新たな事実の断片を探し出したとしても、それだけでは発掘の満足を得るに過ぎまい。歴史を細かいエレメントに分割して整理するだけで歴史と言えるのか。

人参を細分化せず、人間の身体の判断力を信じて委ねた昔の知恵への共感は、歴史に対する姿勢にも通じている。宣長という傑物を、日本主義者や復古主義者と呼んでみたり、一方では実証主義者の一面を強調する。そんなふうに断片化していったい何になる。

歴史上の人物のエレメントを探し出すだけなら、必要とされるのは調べる能力であり作業であろう。小林はそんな方法は採らない。対象に這入《はい》り込む道を一筋に行く。若い頃からの変わらない姿勢だ。

調べるというが、それは人間を知る努力を指すわけではなかろう。作業に手間がかかるというだけの事だ。這入り込むとは、対象にとことん連れ添う事である。そこには対話もあれば、相手が真意を洩《も》らしてくれる迄の忍耐も欠かせない。

小林はおのが仕事に対して悠長に構えはしなかったが、粗雑で短兵急なやり方は常に戒《いまし》めた。対象との付き合いを何より優先した人である。

ベルグソンの長期連載を途中で断ち切った経験がある小林は二度と同じ轍は踏むまいと、計画を立てプロットを設けて、段取り通りに本居宣長の連載に臨んだのではない。

ベルグソンの時と同じ轍を踏んで道を辿ったのである。連れ添えば行きつ戻りつすることも度々だったろう。宣長が山に登れば一緒に登る。峡谷の道なき道を行くのなら自分も後を追う。

連載途中で、宣長の源氏物語観が今一歩確信し得なかった事がある。言ってみれば、連れ添っていた宣長の姿が見えなくなったようなものである。

小林はあちらこちらを探した挙げ句、ついには道に迷ってしまう愚を避け、その場に腰を下ろし、源氏物語を繰り返し熟読する。勿論、この間は連載は休止。かくて見失っていた宣長の背中を発見し、再び行を供にする。

山桜を知らずに何が分かる

こうした対象との付き合いの様子は、単行本では感じがなかなか掴めない。連載した『新潮』を読み進めると、惻々として伝わって来る。

これは宣長に対する小林の尊敬と愛情である。それがすべての元だと言ってよい。

「文学の雑感」では、こんなふうに学生に語った。

僕はこの頃ずつと本居宣長のことを書いてゐますので、それに関する感想をお話しします。随分長い事かかつてゐると言はれますが、本居さんは『古事記傳』を書くのに三十五年もかかつてゐるのです。余り早く書いては恥しいくらゐのものです。

歴史に残る仕事とはこういう仕事を指す。連れ添う相手を持たず、オピニオンを発して満足しているだけでは、早晩淘汰されるであろう。自戒したい。

小林は言葉を何より大切にした。とりわけ、歴史的な言葉には尋常一様ではない関心を寄せた。歴史を読み解く際にも手がかりとしたのは言葉だ。例えば、宣長の歌に、

敷島の大和心を人問はば朝日に匂ふ山桜花

という有名な一首がある。

この歌の意味を味わうのは難しいぞと言い、講義では読み解く秘訣を教示してくれた事がある。筆者が歴史を学ぶコツを得た最初である。

この平易な歌のどこが難しいか。小林は、諸君は山桜を知らないだろうと問いかけた。山桜の趣を知りもしないで歌の真意が分かるわけはない。宣長は桜が好きで、死んだら墓のそばに山桜を植えてくれと遺言書に書いている。それほど山桜を愛した人だ。

ところが、今我々が見る桜の殆どはソメイヨシノである。この桜は幕末の頃、江戸の染井村の職人の手で開発された人工の桜にほかならない。

当時、山桜と言えば奈良の吉野が一番である。そこで何とか江戸に居ながら吉野の桜と同じものを見ることが出来ないものかと模索して作られた。だから染井と吉野を合わせてソメイヨシノと名付けられている。

山桜は人の丹誠によって守り続けられた桜であるが、ソメイヨシノは手間暇が要らず育てやすい。文部官僚はそこに目を付け、明治以来学校の校庭に植え続けた。こうして山桜は駆逐され、この人工の桜が全国を席巻した。そういう経緯がある。

そもそも山桜は花と葉が一緒に出るのが特徴だが、ソメイヨシノは花が先に咲いて、あとから緑の葉が出る。花びらは白く山桜の薄紅色に比べて艶に欠ける。山桜は陽に映えると実に壮観で神々しい。その味わいを知らずして宣長の歌は解せない。

筆者はかつて吉野山に一泊し、山桜を堪能した事があるが、宣長は春を迎えると、度々訪れていたという。その時の山桜を仰ぐ宣長の心持ちになってみることが歌を認識する事なのだと、小林は教えた。

言葉の字義が分かるだけでは認識には至らない。この教示は若い未熟な筆者には一種の知的革命ともなった。

「匂ふ」——国語の真髄

もう一つ忘れられないのは、「匂ふ」という古語の意味を語る解説である。小林はこう説いた。

「匂ふ」といふ言葉もむづかしい言葉だ。これは日本人でなければ使へないやうな言葉と言つていいと思ひます。「匂ふ」はもともと「色が染まる」といふことです。「草枕旅行く人も行き触れば匂ひぬべくも咲ける萩かも」といふ歌が万葉集にあるのです。旅行く人が旅寝をすると、萩の色が袖に染まるのが「萩が匂ふ」といふのです。それから「照り輝く」といふ意味にもなるし、無論「香に匂ふ」といふ、今の人がいふ香り、匂ひの意味にもなるのです。

だから、触覚も言ふし、視覚も言ふし、艶つぽい、元気のある盛んなありさまも「匂ふ」と言ふ。だから、山桜の花に朝日がさした時には、いかにも「匂ふ」といふ感じになるのです。花の味はひや言葉の意味が正確に分らないと、この歌の味はひは分りません。（社団法人国民文化研究会『日本への回帰』第六集）

兎に角面白い話だった。確かに辞書には、「赤などのあざやかな色が美しく映える」（広辞苑）との意味も載っていて、高校時代にも聞いた覚えはある。

しかし小林の講義は簡潔ながら、古語の本質をズバリ衝いたもので、国語に関する見方を一変させる説得力に充ちていた。「匂ふ」一語で、触覚も視覚も盛んなる様子までも言い表す。

冒頭に紹介した人参の薬効で言えば、様々なエレメントが含蓄されていて、分解せずともそれぞれのケースに応じて適切に使い分けることが可能となる。勿論、香りの意味にも用いられる。

曖昧と言えば曖昧だ。しかしそこには、多様な意味の中から必要に応じていずれの意味をとるか、人間の感受性に任せる国語の奥深さが息づいているとも言える。それこそ日本文化の真髄ではあるまいか。

現代のように、「香り」だけに意味を狭めるのは、豊かな文化を痩せ衰えさせてしまう。そういう点で、文化を守護するためにも我々は古典を学ぶ必要がある。学んで初めて国語の豊饒さにも気づく。

おそらく「匂ふ」という言葉は外国語には訳せないはずだ。仮に訳すとすれば、この言葉に備わるそれぞれの意味を取り出し、それら一つ一つを幾つもの外国語に分けて翻訳せざるを得まい。

訓読という「放れ業」

小林は日本人の訓読を「放れ業」と呼んだ事がある。口伝への言語経験は持っていたものの、文字がなかった我が国に漢字という外来の文字が入ってくる。これにどう応接したか、小林は終生この関心に集中した。

訓読の歴史的な意義とは何か。小林の関心に注目していた村松剛氏が、かつてこの問題を取り上げた事がある、あらまし次のような内容だった。

ヨーロッパではドイツは別として、ローマ帝国の支配が及んだ地域の殆どはケルト語をすっかり忘却する。一方日本では、外来の漢字を発音記号として用い、万葉仮名を編み出す。さらには平仮名を創り出す。ただ、これだけでは独創とは言えない。トルコも似たような経験を持つ。

ところが「訓読」は世界に例がない。漢字が渡来した時、その漢字に対応する概念を此方が持っている場合、自分達の言語で強引に読んで了った。

一例として、「紫」という漢字は「し」と読まなければいけないのだが、日本では同じ概念を「むらさき」と呼んでいたから、いつの間にかそう読み慣わす。英語で言えば、deskという文字をデスクと言わず、「つくえ」と読むようなものである。

こうした放れ業を為し遂げた我が民族の苦闘と叡知に関して、小林は、「この全く独特な、異様といつていい言語経験が私達の文化の基底部に存し、文化の性質を根本から規定してゐた」（『本居宣長』）と洞察し、この創造力が「匂ふ」に象徴される類い希な国語を生み出したに違いないと見る。

昨今では病的な唯物史観を克服する歴史の再検討が進んでいて大いに結構ではある。しかし、様々な史実というエレメントの群れを並べて筋を通す作業だけでは、歴史を真に甦らす事にはなるまい。

やはり、国語伝統を体得しなければ国史の核心には届かないであろう。たった一首の歌からそこ迄の啓発を小林は我々学生に授けたのである。

第五章　学問の姿

「芸」の真髄を語って尽きず

「知る事」は低級な事

延岡での講演で、こんな例を挙げて小林は「芸」というものの本質に言及した。岡《おか》潔《きよし》の学問を語りながら、自然にプロが到達した芸の秘密に話が移るところはさすがである。

今（岡潔の学問）のに関連しますが、それが芸といふものだと思ふのです。例へば、長島選手はホームランを打つために、どうしたらホームランを打てるかと頭で考へて打てますか。絶対打てない。もしも、さういふことを考へたら眠くなります。きつとさうです。

論語に「之を知る者は之を好む者に如かず。之を好む者は之を楽しむ者に如かず」といふ言葉がありますね。私はたいへん好きな言葉です。「知る」つていふことはいちばん低級だといふことです。さういふ事を孔子は言つてゐる。よく考へればさうでせう。知るといふぐらゐ低級な事はないですよ。

芸人といふものは「知る」つて事ぢや足りないことをやつてゐるのです。ホームランは誰が打つんですか。インスピレーションが打つんですよ。インスピレーションは何処から来るんですか。知るところからは来ないんです。

ところが現代ではね、知るといふ事は非常に立派なことだつて思つてゐますね、みんな。「楽しみ」といふのは詰まらないことだと思つてゐるぢやないですか。さうでせう。だから、今のたいへんな争ひといふのは知るつてところから出て来るんぢやないんですか。

或る事を僕は知るんです。お前知らないだらうと言ふのです。僕は知つたと言ふんです。で、お前が知つた事は俺の知つた事と違ふぢやないか。俺の知つた方が正しい。かうして争ひが絶えないのです。

だけどね。芸人といふのは、そんな争ひなんてしませんよ。みんな自分の事ですもの。自分の楽しみぢやないですか。争ふつて誰と争ふのですか。芸人みんな自分と争つてゐるんですよ。

芸人といふのは自分と戦つてゐるんです。自分に勝てないやうな奴は芸人になれないですよ。敵に勝つなんて事は結果ですよ。勝つこともある、負けることもある。

だけど自分は楽しいぢゃないですか。それが芸です。

岡潔から長島に話題が飛ぶとは思いもしなかったが、よくよく聞けば成る程と合点が行く。聞きながら直ぐ浮かんだのは「美を求める心」に出て来る川上哲治の体験談だ。川上は打撃の調子がいい時には、球が目の前で止まって見えたという。そこまで熟達するのがプロなのだ。

このように、知識や理屈ではどうにもならない領域が実在する。すなわち眠くなった先の世界、小林の眼差しは其処に向けられる。悪戦苦闘の末の「楽しみ」も其処にあるのだろう。

言うまでもない事だが、孔子も小林も「知る」という知的作業を否定しているのではない。「楽しみ」にまで成熟しなくて何の学問かと言いたいのである。

中川紀元の「春遅し」

次いで、小林は親しい画家とのエピソードに話を進めるのだが、其処で語られる一流の芸とは何か、その体験談に聴衆は魅了された。

大分前になるが、週刊誌に中川紀元さんの絵が出てゐたんです。題を見たら「春遅し」と書いてある。それはね、雪をかぶつた南アルプスの仙丈に桜が咲いてゐる絵で、これは高遠《たかとお》の桜なんです。

高遠の桜といふのはとてもいい桜でしてね。僕はよくそこに行くのです。血染めの桜ともいふ。あそこで武田は信長に攻められまして全部やられちやつたんです。その血が桜に染まつて血染めの桜になつたといふ伝説があります。ほんたうに優美ないい紅桜です。

僕は中川さんの絵を見たとき、あ、これは高遠の血染めの桜だなとすぐ分かりました。こつちに仙丈があつて、まだ雪なんです。一方には非常に優美な血染めの桜が咲いてゐる。さういふ絵が載つてゐたのです。ああ、いい絵だなあと思つて……

こう語り始めながら、話は中川紀元《きげん》との交遊に及ぶ。昭和四十三年版の小林秀雄全集第十二巻に掲げられている小林の肖像画を描いた人だ。あの作者の話かと筆者は興味が募った。

要約すると、臨場感は薄れる。此処も読者にはその語り口を味わって頂きたいから忠実に再現しておこう。

随分昔の事ですが、岸田国士さんに連れられて、中川紀元さんを訪ねた事があります。全然知らないのに訪ねたのです。そしたら、そのアトリエに大きな絵がありましてね。砂浜に女が立つてゐる絵なんです。なんとも希望のない、淋しい絵なんですよ。

なんだい、この絵描きは、こんな淋しい絵をこんな大きな絵に塗りたくつて何の積もりなのかと思ふぐらゐ淋しい絵なんです。虚無みたいな絵でした。ところが、週刊誌で血染めの桜を見たときにね、とつても桜が色つぽいんですよ。はあ、あんな淋しい絵を描いた人が老人になつたら、こんな色つぽさが出てくるのかなあと思つて、たいへん感動したのです。

それでね、そん時に週刊誌の記者がゐてね、こんな絵なら僕は欲しいなあと言つたんです。そしたら、中川紀元さんから突然手紙が来たのです。あなたは私の絵を御所望の由、そんなふうに伝はつちやつたんだね。

僕は所望したわけぢやないですよ。いい絵だなあと言つただけなんです。御所望の絵だけど、私はもう老齢で足も立たない。どこにも行けないんだ。能因《のういん》法師みたいなもんだよと書いてゐるのです。能因法師と言へば、御承知の通り、白河の関だよ。今は昔の思ひ出で描いてゐる。そんな絵でも御所望なら描きますよ。さういふ手紙なんです。

僕困つちやつてね。あの絵は欲しいんだけど、ほかの絵を描かれても面白くないからね。絵描きといふのはどんな絵を描くか分からないから。

困つてね、僕はそんなこと言つた覚えはないし、さういふ誤解をされて迷惑だなんて手紙を書くわけにもいかないし、面倒くせえなあと抛つておいたんです。

小林秀雄の肖像画

どうしたものか、小林は悩んだが、「春遅し」の風景だけは眼に浮かんでは消え又浮かぶ。そんな日々だったに違いない。あれほど桜を愛した小林の事である。高遠の桜を書斎に掛けて眺めていたいはずだ。

そしたら突然届いたんです、絵が。で、開けてみたんです。やつぱり「春遅し」みたいな絵なんですよ。たいへん有り難いことだと思つて、これなら頂いておきますと僕は貰つたのです。

これは御礼しなきやならんと思つて、僕の知つてゐる画商に、今、中川紀元さんの絵はいくらぐらゐするんだと聞くと、安いこと言ふんですよ。信州へ引つ込んぢやつて、画壇から遠ざかると、値段なんてものはひどく安くなつちまふ。それで、このくらゐ御礼をすればいいだらうと金を入れましてね、夏の暑いところ訪ねて行つたんです。

やつと探し当てると、おぢいちゃん、猿股ひとつで出てきて、やあやあ、よく来てくれたといふわけで、二人で酒飲み出してウィスキー一本空けちやつたんです。そしたらね、中川さん、寝ちやつたんです。こつちもふらふらになつてね。さて帰らうと思つて、懐に手をやつたら金がない。僕は方々金を落つことします。ありや、これはどこかに落つことしたな、弱つたなあと思つてね。

そしたらお孫さんが部屋に来たから、今日は御礼を持つて伺つたんだけど、どこか落つことしたらしい。私、出直しますから、先生に宜しくと言つたんです。するとお孫さんがね、小林さん、さつき渡してゐたぢやないか。おぢいちゃん、受けとつてゐたよ。ああ、よかつたと思つて僕は帰つてきました。

もう、この辺りに差し掛かると聴衆は抱腹絶倒だった。酒も入っていたうえに、古今亭志ん生を思わせる巧まざる語り口は今思い返しても圧巻の一語だ。

なんだか胸が温かくなって来る。寄らば斬られるとまで言われたほどの批評の神様は、実はかくもほのぼのとした親和の世界に生きていたのである。

打てば響く交流の挿話はさらに続く。

そしたらね、暫くして手紙が来たんです。このあひだ、過分の御礼を頂いてまことに恐縮、あれぢや多いといふんです。私の画料は決まつてゐる。多い分をお返しすると、うちのかかあに言つたら、何を言ふか、お返ししても先生、受けとるものか、馬鹿なことをおつしやいと言ふ。

さう言はれてみれば、成る程もつともなことである。だから有り難く頂戴しておきます。そこで、もう一つ描いて差し上げますと手紙に書いてあるんです。

僕は困つちやいましてね、また黙つてゐたんです。そしたらね、突然、僕の肖像画が届いたんです。僕の全集に載つてゐるあの肖像ですよ。

このあひだ雑誌を見てたらあなたの写真が出てゐて、懐かしいと思つていたづら描きした。それを差し上げます。お気に入らなかつたら、破つて捨てて下さい。かういふ手紙が来たのです。それで私はその肖像画も頂いたんです。これは中川さんらしいべたべたした絵でね。だけど、私の顔の感じがなかなかよく出てゐるのです。

三つになる孫が見ましてね。あ、これおぢいちゃんだといふんです。孫に言はれて成る程なあと思つたんです。

この肖像画が全集の扉に掲載されるに至った背景には、以上のようなエピソードがあった。一枚の絵であれ何であれ、小林が愛した物や作品には、必ずといっていいほどこうした物語が宿っている。

人間より高級な実在

ただ、中川紀元との交流を取り上げて、小林は何が語りたいのか、岡潔の学問とどう繋がるのか、訝しくも思われたが、もう一人の画家中川一政《かずまさ》の思い出話に至ってその意味するところが氷解した。

序《つい》でにもう一つと断ってこんな話を紹介したのである。

随分前の事ですが、私は秋田県の酒田《さかた》といふところへ講演に行つたんです。で、いつものやうに講演前に一杯やつてゐた。そしたら、欄間に中川一政の鉄仙の絵が掛けてある。その鉄仙の色が実にきれいなんです。ああいい絵だなあ、あんな絵欲しいなあと思つて見てゐたんです。

その後暫くして、小林は銀座で中川一政にぱったりと出くわす。鉄仙が余程忘れられなかったのだろう、「このあひだ酒田に行つたら、君の鉄仙の短冊が掛かつてゐたよ。ありや実に可愛い絵だな。あんなの一つ描いてくれないかな」と頼む。

一政は、「ああ、あれは戦争中に疎開してゐたときに描いたもので、あそこの主人にやつたもんだよ。そんなによかつたかね。そんなら描いてやるよ」と応じた。ところがその後、うんともすんとも言って来ない。瞬く間に四年か五年経った。こいつ忘れやがったなと思っていたところ、突然、立派な朝顔の花の絵が届いた。添えられた手紙には朝顔を描いたからお目に掛けるとあった。

早速、小林は一政の伊豆の自宅に出向いた。御礼を言うと、一政はこう言ったという。

小林君、俺忘れてゐたんぢやないんだよ。この頃、鉄仙といふのはないんだよ。だんだん色が悪くなつてね。お前に頼まれたから、ひとつ描いてやらうと思つて取り寄せるけど、碌な鉄仙ないから描けないんだよ。だけどね、ちやうど朝顔のとつてもいいのが入つたから、それを描いたんだ。何も忘れてゐたんぢやないんだ。

小林は有り難い事と心底思うものの、やはり鉄仙の姿が脳裡を去らない。何として何としてでも我が物にしたい願望がますます膨らんでゆく。

ついに二人で差しつ差されつ飲んでいたとき、鉄仙への思いが爆発する。「なんだお前、俺は鉄仙を頼んだのに、朝顔なんかで誤魔化しやがつて承知しねえぞ。俺は諦めてゐるわけぢやないんだからな。鉄仙描かなかつたら承知しねえぞ」

一政は黙って聞いていたという。すると、或る日のこと、画商が三枚の絵を携えてやって来た。見れば鉄仙の絵ではないか。勿論、一政が描いたものである。気に入ったものを一つやるとの伝言である。小林は有り難い友情の一枚を手にした。

そんな顛末を語りながら、小林は語気を強めた。笑いを誘われていた聴衆はシーンと静まり返る。甲高い声が会場に響いた。

僕はその時思つたんです。あの中川さんといふ人はね、僕の義理なんかで描いてゐるわけはない。さうぢやないんです。自分で鉄仙が描きたいんですよ。私に頼まれたから義理などで描いてゐるものですか。僕はさういふことが分かつたんです。

今、桜でも何でもみんな悪くなるのです。鉄仙だつて色が悪くなつてゐる。昔みたいな紫の立派な色はないんですよ。そしたら沼田に非常にいい鉄仙があつて、それを届けてくれた人があつたから描いたといふのです。

すぐ描いたといふのは自分が嬉しくて描いたんであつて、私に呉れるといふのはそのあとの事です。芸人はかういふものなんです。自分で足りてゐるのです。

　芸は身を助くだね。だから、芸といふのは、やつぱり頭なんかぢやない。といふのは、鉄仙の方がよほど絵描きなんかより偉いのです。さういふ感じがあるのです。さうでなければ、どうして僕はあの人の鉄仙を壁に掛けていいと思ふんですか。

人間よりずつと鉄仙の方が高級ですからね。ずつと前からあるんです。さういふふうなものが、今いちばん欠けてゐるんぢやないんですか。

人間よりも高級な人知を越えた美、その美を描く事を自足の楽しみとする。それは芸術の世界だけではない。学問にもあればスポーツにも道は通じている。小林はそう言いたかったのである。

かくて、講演は本居宣長に及んで佳境を迎える。

言葉の「すがた」と素読

古典の「すがた」に親しませる素読教育

岡潔との対話『人間の建設』は以前にも取り上げたことがあるが、此処ではその結びの遣り取りに関して解題風に感想を述べたい。小林は岡がその必要を説いていた「素読」について注目し、二人は以下のような対話を交わす。

小林　話が違いますが、岡さん、どこかで、あなたは寺子屋式の素読をやれとおっしゃっていましたね。一見、極端なばかばかしいようなことですが、やはりたいへん本当な思想があるのを感じました。

岡　私自身の経験はないのですが、ただ一つのことは、開立の九九を、中学二年くらいたった兄が宿題で繰り返し繰り返し唱えていた。私は一緒に寝ていて、眠いまま子守唄のように聞き流していたのです。ところがあくる日起きたら、九九を全部言えたのです。以来忘れたこともない。これほど記憶力がはたらいている時期だから、字をおぼえさせたり、文章を読ませたり、大いにするといいと思いました。
小林　そうですね。ものをおぼえるある時期には、なんの苦労もないのです。
岡　あの時期は、おぼえざるを得ないらしい。出会うものみなおぼえてしまうらしい。
小林　昔は、その時期をねらって、素読が行われた。だれでも苦もなく古典を覚えてしまった。これが、本当に教育上にどういう意味をもたらしたかということを考えてみる必要はあると思うのです。素読教育を復活させることは出来ない。そんなことはわかりきったことだが、それが実際、どのような意味と実効とを持っていたかを考えてみるべきだと思うのです。それを昔は、暗記強制教育だったと、簡単に考えるのは、悪い合理主義ですね。『論語』を簡単に暗記してしまう。暗記するだけで意味がわからなければ、無意味なことだと言うが、それでは『論語』の意味とはなんでしょう。それは人により年齢により、さまざまな意味にとれるものでしょう。一生かかったってわからない意味さえ含んでいるかも知れない。それなら意味を教えることは、実に曖昧な教育だとわかるでしょう。丸暗記させる教育だけが、はっきりした教育です。そんなことを言うと、逆説を弄すると取るかも知れないが、私はここに今の教育法がいちばん忘れている真実があると思っているのです。『論語』はまずなにを措いても、「万葉」の歌と同じように意味を孕んだ「すがた」なのです。古典はみんな動かせない「すがた」です。その「すがた」に親しませるという大事なことを素読教育が果たしたと考えればよい。「すがた」には親しませるということが出来るだけで、「すがた」を理解させることは出来ない。とすれば、「すがた」教育の方法は、素読的方法以外には理論上ないはずなのです。実際問題としてこの方法が困難となったとしても、原理的にはこの方法の線からはずれることは出来ないはずなんです。私が考えてほしいと思うのはその点なんです。古典の現代語訳というものの便利有効は否定しないが、その裏にはいつも逆の素読的方法が存するということを忘れてはいけないと思う。

「姿は似せ難く、意は似せ易し」

この対話が行われた当時は、過去の教育法が糾弾された時代である。素読などというのは、封建制度下に強制された非教育的な産物だというのが大方の評価であった。要するに、意味を教えずに丸暗記させるだけでは何の教育的意義があるのかと言うのである。いかにも尤もらしい意見だが、彼らが忘れているのは古典はまず「すがた」として我々の前に存在するという事実である。従って、意味の理解より親しませる方が先なのだ。けっしてその逆ではない。そうでなければ、意味を知ろうとする自発的な欲求は起きにくい。その弊害を排する最適の役割を果たしたのが素読だった。現代の教育に欠けるのは此処にあるというのが小林の教育観の重要な一つである。

この対話は昭和四十年八月に行われた。『新潮』に「本居宣長」の連載が始まったのは同年のことだから、小林の頭の中は宣長の事で一杯だったろう。その宣長に「姿ハ似セガタク意ハ似セ易シ」（『国歌八論斥非再評の評』）という有名な言葉がある。これは歌について述べた文章に出てくるが、なかなか含蓄のある言葉だ。凡人は何かの間違いではないかと思う。意味を真似るのは容易ではないが、姿形なら模倣し易いはずだが、と。そうした先入観を忖度《そんたく》した上で、小林はこう述べる。

姿は似せ難く、意は似せ易しと言つたら、諸君は驚くであらう、何故なら、諸君は、むしろ意は似せ難く、姿は似せ易しと思ひ込んでゐるからだ。先づさういふ含意が見える。人の言ふことの意味を理解するのは必ずしも容易ではないが、意味もわからず口真似するのは、子供にでも出来るではないか、諸君は、さう言ひたいところだらう。言葉とは、ある意見を伝へる為の符帳に過ぎないといふ俗見は、いかにも根強いのである。古の大義もわきまへず、古歌の詞を真似て、古歌の似せ物を作るとは笑止である、といふ言ひ方も、この根強さに由来する。しかし、よく考へてみよ、例へば、ある姿が麗しいとは、歌の姿が麗しいと感ずる事ではないか。そこでは、麗しいとはつきり感知出来る姿を、言葉が作り上げてゐる。それなら、言葉は実体ではないが、単なる符帳とも言へまい。言葉が作り上げる姿とは、肉眼に見える姿ではないが、心にはまざまざと映ずる像には違ひない。万葉歌の働きは、読む者の想像裡に、万葉人の命の姿を持込むといふに尽きる。これを無視して、古の大義はおろか、どんな意味合が伝へられるものではない。「万葉」の秀歌は、言はばその絶対的な姿で立ち、一人歩きをしてゐる。その似せ物を作るのは、難しいどころの段ではなからう。

意は似せ易い。意には姿はないからだ。（「本居宣長」）

此処に明確に指摘されているように、「姿は似せ易し」というのは、言葉を伝達の符丁と思い込んでいる俗見に過ぎないと見る。現代人は、言葉にも言葉によって創り出されるはっきりとした姿がある事を忘れている。小林はそれを覚醒させようとする。

実例――山部赤人の歌

では、言葉の姿とはどういうものか。例えば、山部赤人に次のような一首がある。

田児の浦ゆ打出でてみれば真白にぞ富士の高嶺に雪はふりける

難しい用語はない。せいぜい「ゆ」という語が珍しいぐらいだろう。これは、東京から神戸へ、の「から」という現代の言葉に当たる。いずれにしても一首の意味するところは誰にも分かる。そこでもし、この赤人の歌を美しい歌だと感じたとするなら、そう感じさせるのは歌の単なる意味ではないだろう。それは何か、小林は言う。

やはり、富士を見た時の言ふに言はれぬ赤人の感動が、諸君の心を打つからではありませんか。歌人は、言ひ現し難い感動を、絵かきが色を、音楽家が音を使ふのと同じ意味合ひで、言葉を使つて現さうと工夫するのです。成る程、詩人の使ふ言葉も、諸君が日常使つてゐる言葉も同じ言葉だ。言葉といふものは、勝手に一人で発明できるものではない。歌人でも、皆が使つて、よく知つてゐる言葉を取り上げるより他はない。たゞ、歌人は、さういふ日常の言葉を、綿密に選択して、これを様々に組合せて、はつきりした歌の姿を、詩の型を、作り上げるのです。すると、日常の言葉は、この姿、形のなかで、日常、まるで持たなかつた力を得て来るのです。赤人の歌が、見たところ、どんなに楽々と自然に、まるで、赤人の感動が、そのまゝ言葉となつてゐるやうに思はれやうとも、実は、大変な苦心が払はれてゐるのです。苦心など表に現さぬところが、大歌人の苦心なのです。（中略）

姿のいゝ人がある様に、姿のいゝ歌がある。歌人の歌の言葉は、真白な雪の降つた富士の山のやうな美しい姿をしてゐるのです。だから、赤人は、富士を見た時の感動を、言葉に現した、或は言葉にした、と言ふよりも、さういふ感動に、言葉によつて、姿を与へたと言つた方がいゝのです。（「美を求める心」）

長々と紹介したが、目には見えぬ感動に選び抜かれた言葉で姿形を与える。その集大成が『万葉集』だと言ってよい。『論語』とて同じである。孔子という聖人の智慧と思想に言葉によって不朽の姿が与えられたものなのだ。だから、意味を探ろうとするだけでは、『論語』の姿に親しむのは容易ではあるまい。親しむ方法はただ一つ、江戸の子供が行っていた素読だけである。そういう次第で、岡潔が素読の効用を説いているのを知って同志を得た思いだったに違いない。

江戸期の素読教育

ところで、江戸期の素読はどのようなものだったのか、辻本雅史氏の労作『「学び」の復権―模倣と習熟』を参考に概略を解説しておこう。

まずはテキストであるが、当然儒学に関する古典で、『大学』『論語』『孟子』『中庸』や『孝経』などが該当する。これが現代教育とは異なる点だが、七歳の初学者も、学問を究めた学者先生も、まったく同じ四書五経の書物を学ぶ。今日から見れば無茶なやり方のようだが、私は面白く思う。初学段階における素読が編み出されたのも、ゆえあることだったのだ。

次に、儒学学習の課程は、素読課程、講義課程、会業課程の三段階に大別される。第一課程の素読の方法については貝原益軒がこのように言っている。

書をよみ、学問する法、年わかく記憶つよき時、四書五経をつねに熟読し、遍数をいか程も多くかさねて、記誦すべし。(『和俗童子訓』)

「年わかく記憶つよき時」というのは七、八歳ぐらいを指す。その時期をねらって素読を徹底させる。この段階では、テキストの意味については原則として教えない。ひたすら正確に音読を繰り返す課程である。ただし、素読段階であっても実際には簡単な意味を教える場合もあったようだ。益軒曰く、「小児、読書の内に、はやく文義を所々教べし。孝経にていはば、仲尼とは孔子の字なり、字とは、成人して名づくる、かへ名也」（同前）と。

では、素読の学習はどのように行われていたのであろうか。師匠に合わせて子供達が一斉に唱和する方式ではなく、実際は個別指導だったという。子供の席の前には大判の木版刷りのテキストが置かれ、師匠は対面して座る。師匠がテキストの漢字一字ずつ、「字突き棒」という木製の棒で指し示しながら、声を出して読んでいく。それを手本に子供は復唱する。これを「付け読み」と言った。これを師のリードなしに完璧に諳んじるまで繰り返し音読する。この稽古が「温習」と呼ばれる。

益軒は、一日百字を毎日百遍繰り返し、「字のおき所、助字のあり所、ありしにたがはず、おぼえよむべし」（同前）と推奨する。これを怠らず続ければ、四書の字数は合計五万二千八百字だから、五百二十八日あれば暗唱は完了すると言っている。とにかく、まずは覚え込むことが初学者の第一歩なのである。

藩校の場合は、素読課程の子供は「句読生」と言い、それぞれの生活時間に応じて登校する。したがって、彼らは個別学習だったわけである。登校後は、自学自習をしながら、「句読師」と呼ばれる教師の指導を受ける。その後は、教授の前に進み出て教わった箇所を「復読」して点検を受けなければならない。合格すれば下校、不合格なら再び句読師のもとでやり直しとなる。これが素読を中心とする標準的な学習形態である。

青山塾の「朝読み」

此処で素読教育の実際の場面を紹介しておこう。これも辻本氏の前掲書に出てくる。幕末から明治にかけて、水戸藩の高名な儒者として知られた青山延寿《のぶとし》が私塾を開いていた。その塾での「朝読み」という素読の様子を、青山の孫にあたる婦人運動家の山川菊栄が回想している。

お塾の方ではだんだん集まってきた何十人の子供が、声をはりあげて、ある者は『論語』を、ある者は『孝経』を、それぞれ年と学力に応じて、いまの自分の習っている所の素読をやっていますから、その賑やかなこと。(『武家の女性』)

○

塾生の木の名札が長押《なげし》にズラリと並んでかけてありますが、これは前日帰る時、裏返しにしておくのを、朝来るとすぐ、自分で名前のかいてある表の方を出しておくので、「今日はおれが一番」「しまった、明日はおれが」という風に、銘々一番乗りの競争です。そして先に来たものは、壁際の自分の机を文庫と一所におろして、自分の席にもって行きますが、その時、先輩の人の机も並べておきます。あとから来た先輩はそれを見て鄭寧《ていねい》にお礼をいいます。これが小さい子には非常に嬉しかったものです。子供たちは先生からも教わりますが、塾長という、教生格の先輩が、先生に代って教えたり、注意したりもします。この「朝読み」の素読の声で、子供の頭の良し悪しはたいてい分ったもので、大勢の中で、「あれは誰さんの声」などいわれるようにハッキリしたのは、必ずしも大きい声ではなくても、際だって出来のいい子にきまっていたそうです。（同前）

青山塾は長屋の一室にあったというから、朝読みの時間には朗々と読み上げる子供の声が響き渡ったことだろう。こうして素読は遅くとも十三、四歳くらいまでには終了となる。その頃には、もう漢文は独力で自在に読みこなせる。そうであれば、丸暗記が結果的には自己教育の出来る人間を育てたと言える。実に面白い教育効果ではないか。

私は毎年秋には学生の教育実習先である九州各地の小学校を訪問するが、いずれの小学校でも音読の声を聞いたことはない。内容も教科の「意」を理解するための学習が主で、「すがた」を感じ取る学びは見当たらない。せめて小学校における音読ぐらいは甦らせたいものだ。

第六章

母の心象風景

「おつかさんといふ蛍」

父の死

小林の父、豊造は東京高等工業学校に付設の工業教員養成所を卒業し、のち日本ダイヤモンド株式会社を創設した事業家であり技術者だが、息子の第一高等学校入学が決まった大正十年三月に病没した。母の精子は東京生まれで女学校を卒業。病弱だったらしく、豊造の死去した年に肺患のため鎌倉に転地療養している。

小林は十九歳という多感な年齢である。一家を襲った不幸は痛手だったろう。一高入学の半年後、盲腸と神経症を患い休学を余儀なくされる。

父亡き後、母と妹の三人となった小林は、一家の柱としての責任と重圧に喘《あえ》ぐ思いだったに違いない。後年、若い時から文芸時評を書き始めた動機を訊《き》かれて、「僕は学校を出てから、金がなくつてお袋を養はなきやならない。そのために文芸時評を書いた。それが一番確かな動機です」と語っているが、母を養うための売文から文業生活は始まっている。

その当時を回想した妹、高見澤潤子の『兄小林秀雄』のなかの次の一文に小林家の悲哀が滲む。

震災の翌年になると、母も大分身体が快復したので、東京に帰ることになった。私たちは白金の家を売って、高円寺の馬橋に小さな家を借りた。家を売ったといっても、前に書いたとおり、その金は、ほとんど貰えなかったから、母も兄も私も割り切れない、淋しい思いだった。

ところが、病弱な母を助けて一家を牽引すべき兄なのに、突如現れた長谷川泰子と恋愛関係に入った小林は彼女と一緒に住むと言い出す。妹は自分たちを置いて新居に移る兄の手伝いをしながら悔しくてならない。その時の心境をこう綴っている。

母と私を残して、家を出ていった時は、ひどい兄としか思えなかった。引越荷物の手伝いを、ぷりぷりしながらやった。特に、兄の着物やシャツをよりわけて重ねているやせた母をみて、兄のしうちを恨めしく思った。

それまでに、父がもっていた骨董や古い掛軸や書物など、少し金目のものは、ほとんど売ってしまったが、残っていたガラス戸棚、天井にとどくくらいの高さで、上が本棚になっていて、下は沢山のひき出しのついた立派な戸棚も、中の本も全部、兄の新居のために、その時、金にかえられてしまった。……兄がいなくなったあと、私の家は、全くがらんとしてしまって、何もかもなくなってしまったような感じであった。

水道橋駅からの落下

泰子との関係は小林が出奔《しゅっぽん》して奈良に行くことで終わりを迎えるが、その仔細については省く。その後、帰京した小林は再び母と暮らす事になる。

前後して、『改造』の懸賞評論が二席を受賞した事もあり、文壇での仕事も忙しくなるが、母精子への孝養は忘れなかった。精子が天理教に入信すれば、小林も関心を示す。後にお光さまの信仰に傾斜すると、彼も入信するという具合である。すべては母のためであった。

晩年、今日出海《こんひでみ》との「交友対談」（「毎日新聞」昭和五十年十月十日付）で次のように語っていたのが印象深い。

お袋は、医者も薬も軽んじていたが、晩年は、もうお光さまのおさすりしか信じなくなったんだ。そいで、僕は、お光さまに入門する事にしたんだ。東京に通えば、免状を取ったんだよ。お光さまを首から掛けて胸に下げてね。お袋が死んじまえば、無用の長物だから捨てちまったがな。

だけど、僕の経験からすると、インテリの好きな、迷信だという言葉は内容を欠いた空虚なものだな。

母が信じるものを自分も信じようと努める。お光さまのおさすりしか信じないのなら、おさすりが出来るように入門して免状をとる。これが小林という男である。その作品を愛読した者なら、そうした小林の振る舞いにちっとも驚きはしない。むしろ、いかにも小林らしいと映る。そういう読み方が出来ずに、近代批評の確立者であるとか、日本の知性などと、意味もなく御託を並べてみたところで小林に近づけはしない。

ところで、次のような出来事を聞いて、果たしてインテリはこれも迷信だと一蹴するのだろうか。終戦の翌年に母親が亡くなった直後、小林が水道橋のプラットフォームから転落した事故の事である。

未完に終わった連載「感想」の冒頭にその仔細が書かれているので以下に引いておく。

私は、又、忘れ難い経験をした。これが童話であるか、事実談であるかは、読者の判断にまかす事にして、ともかく、それは次の様な次第であつた。或る夜、晩く、水道橋のプラットフォームで、東京行の電車を待つてゐた。まだ夜更けに出歩く人もない頃で、プラットフォームには私一人であつた。私はかなり酔つてゐた。酒もまだ貴重な頃で、半分呑み残した一升瓶を抱へて、ぶらぶらしてゐた。と其処《そこ》までは覚へてゐるが、後は知らない。（中略）突然、大きな衝撃を受けて、目が覚めたと思つたら、下の空地に墜落してゐたのである。（中略）胸を強打したらしく、非常に苦しかつたが、我慢して半身を起し、さし込んだ外燈の光で、身体中をていねいに調べてみたが、かすり傷一つなかつた。（中略）私は、黒い石炭殻の上で、外燈で光つてゐる硝子《ガラス》を見てゐて、母親が助けてくれた事がはつきりした。断つて置くが、ここでも、ありのまゝを語らうとして、妙な言葉の使ひ方をしてゐるに過ぎない。私は、その時、母親が助けてくれた、と考へたのでもなければ、そんな気がしたのでもない。たゞ、その事がはつきりしたのである。

あんな高いところから落ちてかすり傷一つ負っていない理由は、とても合理的に説明出来ないから、死んだ母親が助けてくれたとでも考えるほかない。説明のつかない事を説明しようとするなら、そういう捉え方で納得させるのが一般であろう。

しかし小林は、そういうふうな納得をしたのではないと言うのだ。自分の場合は、助かった理由として母の加護に思い至ったのではない。そんな理屈の上での納得ではないのだ。「はっきりした」とは全的な確信である。母が助けてくれたというのは確信なのだから、他人が証明する事は出来ない。そうだとしたら、我々は小林を信じるか否かしか選択の道はないのである。

童話を書く

もう一つ、小林にとっての母の存在感を知る上で欠かせない逸話がある。前述の事故と同じく「感想」に書かれた、終戦の翌年に亡くなった母の通夜での出来事である。少し長いが、以下に引用する。

母が死んだ数日後の或る日、妙な体験をした。（中略）仏に上げる蝋燭《らふそく》を切らしたのに気付き、買ひに出かけた。私の家は、扇ヶ谷の奥にあつて、家の前の道に添ふて小川が流れてゐた。もう夕暮であつた。門を出ると、行手に蛍が一匹飛んでゐるのを見た。この辺りには、毎年蛍をよく見掛けるのだが、その年は初めて見る蛍だつた。今まで見た事もないやうな大ぶりのもので、見事に光つてゐた。おつかさんは、今は蛍になつてゐる、と私はふと思つた。蛍の飛ぶ後を歩きながら、私は、もうその考へから逃れる事が出来なかつた。ところで、無論、読者は、私の感傷を一笑に付する事が出来るのだが、そんな事なら、私自身にも出来る事なのである。だが、困つた事がある。実を言へば、私は事実を少しも正確には書いてゐないのである。私は、その時、これは今年初めて見る蛍だとか、普通とは異つて実によく光るとか、そんな事を少しも考へはしなかつた。私は、後になつて、幾度か反省してみたが、その時の私には、反省的な心の動きは少しもなかつた。おつかさんが蛍になつたとさへ考へはしなかつた。何も彼も当り前であつた。従つて、当り前だつた事を当り前に正直に書けば、門を出ると、おつかさんといふ蛍が飛んでゐた、と書く事になる。つまり、童話を書く事になる。

（中略）では、今、この出来事をどう解釈してゐるかと聞かれゝば、てんで解釈なぞしてゐないと答へるより仕方がない。といふ事は、一応の応答を、私は用意してゐるといふ事になるかも知れない。寝ぼけないでよく観察してみ給へ。童話が日常の実生活に直結してゐるのは、人生の常態ではないか。（「感想」）

ベルグソンの思想に深入りする以上、小林は合理で割り切れぬ不思議な体験をまず示してみせた。いや、ただ示すだけでは読者はぎょっとするに違いない。だから、これは私の童話だという言い方になる。しかし、童話だからと言って、実生活とは無縁の空想の世界とは限らない。幼子を見よ。童話と現実の接点で生きているのではないのか。悲しんだり、恐い思いをしたり、時には勇気が湧いたりする。そういう意味で「人生の常態」だと小林は言い切る。

人生の常態という事は、読者諸君、君たちも自分の童話を経験しているという事だ。その貴重な経験を生意気な考えで覆い隠しているだけなのだ、そう小林は言いたいのである。

母親にとっての歴史事実

私は「Xへの手紙」のこんなくだりが忘れられない。探るような眼はちっとも恐くない。和《なご》やかな眼だけが恐い。どこを見ているのか分からないからだ、と。この和やかな眼は、我が子を見る母の眼に通じる。母親は子供を見るのに観点など持たない。ひと目ですべてを直感する。この確信を小林はこんなふうに語った事がある。

　私といふ人間を一番理解してゐるのは、母親だと私は信じてゐる。母親が一番私を愛してゐるからだ。愛してゐるから私の性格を分析してみる事が無用なのだ。私の行動が辿れない事を少しも悲しまない。悲しまないから決してあやまたない。私といふ子供は『あゝいふ奴だ』と思つてゐるのである。世にこれ程見事な理解といふものは考へられない。（「批評家失格Ⅱ」）

子を見ること母に如《し》かずというが、これは真実である。見ているはずはないのに、あの眼でこちらのことをすべて見尽くしているような気がする。そう思わせる。それは、あの子は「あゝいふ奴だ」という全的な直感が働いているからだ。九十を超えても元気な私の母の私を見る眼にも、同じ視線を感じる。
　こうして、母親の不思議な力を考えていると、「歴史と文学」のくだりが思い出される。小林の歴史認識の観法が確立した頃の講演の記録だが、ここでも母の心を語りながら、歴史とは何かについて話が進む。小林は言う。

歴史は決して二度と繰返しはしない。だからこそ僕等は過去を惜しむのである。歴史とは、人類の巨大な恨みに似てゐる。歴史を貫く筋金は、僕等の愛惜《あいせき》の念といふものであつて、決して因果の鎖といふ様なものではないと思ひます。

歴史を因果関係を主軸に明らかにしようとする傾向は、昔も今も盛んである。従って人は因果関係が歴史だと信じ込む。幾ら調べても因果の法則が判然としないものや当てはまらない規格外のものは偶然の産物と見て歴史とは見ない。唯物史観に興味など微塵もなかったにも拘わらず、歴史を因果関係で見ようとする習癖を克服する事は実に難しく思えた。今ですら時に因果の呪縛にとらわれる。

なにゆえそうなるのか。それは説明がつきやすいからだが、しかし歴史には単純な因果関係では証明し難い人物に充ち満ちているのではないのか。

例えば、遥か古代の時期に、聖徳太子のような賢者が実在したとはとても考えられない。あんな途上国の時代とは辻褄《つじつま》が合わない人物だ。従って後世の時代に拵《こしら》えられた虚像と見るのがふさわしい。そんな謬見《びゅうけん》偏見が流行る。

どうしたらよいのか。小林は母親が子を思う心の働きを取り上げて迷妄から目覚める道を指し示す。愛児を亡くした母親は子供の死という歴史事実にどんな態度をとるか考えてみれば分かるという。すなわち、その母親にとっての歴史事実とは、子供の死がどんな原因や条件のもとで起こったのかという、単にそれだけのものではないと前置きして、こう述べる。

かけ代へのない命が、取返しがつかず失はれて了つたといふ感情がこれに伴はなければ、歴史事実としての意味を生じますまい。若しこの感情がなければ、子供の死といふ出来事の成り立ちが、どんなに精しく説明出来たところで、子供の面影が、今もなほ眼の前にチラつくといふわけには参るまい。歴史事実とは、嘗て或る出来事が在つたといふだけでは足りぬ、今もなほその出来事が在る事が感じられなければ仕方がない。母親は、それを知つてゐる筈です。

「おつかさん」の面影

発見された作文「おやのおん」

小林には高見澤潤子という妹がいる。熱心なクリスチャンであり、夫は「のらくろ」で有名な漫画家の田河水泡である。二十代半ばの駆け出し教師時代、講演のために来福された高見澤に宿泊先の西鉄グランドホテルでお目にかかり、一時間ほど小林についてお話を伺ったことがあるが、その折の内容はいずれ触れるとして、高見澤が兄秀雄が白金尋常小学校時代に書いた「おやのおん」と題する作文が発見された消息を書いている。

兄も私も小学校は、家から歩いて十分くらいの、今の港区立白金小学校に通っていた。この小学校は、昭和五十年が創立百周年にあたり、その時には、同窓生の私はクラスの人たちと一緒に、何がしかの寄附をしたが、八芳園で記念祝賀会があり、学校では記念資料展を開き、一般に公開した。

資料展には、六十数年ぶりに金庫から発見された大仏次郎の卒業式の答辞と、兄の二年生（七歳）の時の作文が展示された。（「兄小林秀雄」）

当時、父豊造もまだ元気な頃で、専門の金属工業の技術を活かして御木本真珠店工場長を務め、後には独立して日本ダイヤモンド株式会社を設立する。だから、十八歳になる迄の秀雄少年は小林家の長男として格別の不自由もなく暮らしていただろう。小学校の金庫から発見された作文は「おやのおん」と題されている。指定されたものかどうかは判然としない。全文は以下の通りである。

「おやのおん」

尋常二年男　小林秀雄

私のきものは、お母さんがこしらへてくださつたのです。学校へくるのは、お父さんやお母さんのかげです。うちでは、私はかはいがつてくださいます。このおんをわすれてはなりません。おんをかへすのには、お父さんやおかさんのいひつけをよく、きいておやにしんぱいをかけないやうにして、学校ではせんせいのおしへをまもるのです。それでおんはかいせるのです。（「明治四十三年度各学年綴方優作集」）

まさに、両親の愛情と期待を存分に受けて育つ児童の面影が偲ばれる。「信楽大壺」に、「私の母親は、生前、茶道の師匠をしてゐた」と書いているところから察するに、後年病気に苦しむようになる以前は、一通りの教養を身につけた明治女性として家事や育児に加え、稽古事を教える活動的な一面も垣間見える。箏曲や生け花にも造詣が深く、娘の潤子にも琴を勧めたという。

未熟な家長の辛苦

しかし、恩を返したいという、健気な少年の願いは叶わなかった。父は小林が府立一中から一年浪人して第一高等学校に入学する直前の十八歳の時に亡くなる。小林家の転機であった。その頃の様子は、私小説風に書いた初期作品「蛸の自殺」や「一ツの脳髄」に描かれている。父の死後小林を何が見舞ったか——。

三年前父が死んで間もなく、母が喀血した。私は、母の病気の心配、自分の痛い神経衰弱、或る女との関係、家の物質上の不如意、等の事で困憊《こんぱい》してゐた。（「一ツの脳髄」）

ここにあるように、母精子は夫に死なれた上に肺患の身となる。小林はそんな母親を抱えて自らも神経衰弱に悩みながら生活を続けた。果ては長谷川泰子との尋常ならざる恋愛にもがき苦しむ。当然、大黒柱を喪って家計が傾いたのは言う迄もなかろう。高見澤の回想では家財道具類を売り払いながら一時期を凌いだという。

おそらく小林は、そうした辛い生活を書くことで苦境を切り抜けようとしたのだろう。批評ではなく小説の形をとったのは自然の成り行きだ。

母の心中を細やかに推し量る叙述も散見される。以下に引いておく。なお、主人公の「謙吉」は小林と見てよい。

兎に角、父の死で一番参つたのは母である事は事実だつた。謙吉か妹の兎もすれば墜入《おちい》り勝ちの甘い感傷に比べれば、母の悲しみはもつと深いものであつた。死といふ事実を目の前に見せつけられた事は同じであるが、其の感じ方は自ら異つて居なければならなかつた。殊に病気になつてからは、死の黒い影から逃れよう、先の事は勉めて考へまい――と云ふ母の努力が傷ましく感ぜられて、よく妹が無神経に母の前で父の話をするのをハラハラし乍ら聞いては、母の前で成可《なるべ》くさう云ふ話に触れまいと努める謙吉も、時に依つて「死に度い」などと捨鉢な気持を露骨に表はす母に対しては、母がひそかに期待して居る月並な慰めの言葉も口に出す気になれず、唯、厭な気持でむつつりして居るより外仕方が無かつた。（「蛸の自殺」）

こんな窮状に陥ったわけだから、恩を返すどころか、まずは家庭を支えねばならない。そんなこんなで学生の身ながら、アルバイトに精出す。家庭教師では大岡昇平や河上徹太郎らにフランス語を教えた。いちばん実入りがよかったのは翻訳の仕事だったらしい。匿名の翻訳原稿を書いて対価を貰う。そして著名な作者の名で刊行される仕組みである。

小林はモウパッサンでもファーブルでも片っ端から訳した。自分の自然科学などの知識も訳業のお蔭だと言っている。その頃は、まだまだ西洋文化輸入の過渡期である。翻訳の口は多かったようだ。

母精子の死

母精子が此の世を去るのは終戦直後である。戦争中から容態はよくなかったろう。この頃の仕事としては「無常といふ事」ぐらいしか執筆しなかった小林を、戦争中は古典の世界に隠遁したとか、懐古趣味の日本回帰に耽ったなどと評されることがあるが、その稚拙さには苦笑せざるを得ない。

遥か平安朝の無常とは何か。例えば流行病《はやりやまい》で母親が死の淵に立つ。そうした場合、一刻も早く隔離して感染を防がねばならない。そこで戸板に乗せて鴨川に流す。程なく絶命するが、だからと言って死ねばすべてに終止符が打たれるわけではない。死者を身近に見ていた当時の人々は知っていた。死後も遺体は腐乱し白骨化してゆくという事を。

つまり、生者も死者も万事が変化して止まない。無常とはその痛感から生まれ出た言葉である。では、人々は人生に諦めをつけたか。そんなことがあろうはずもない。むしろそうだからこそ、「常なるもの」を希求したのである。

そうした歴史を背景に「無常といふ事」は書かれているが、無常と永久なるものを見つめる小林の眼には病みゆく母の姿がありありと映っていた。仮にこの作品に読者が死の影を感じ取るとすれば、それは戦争で死ぬ事などとは違う。母に忍び寄る死の影との対峙にほかならない。

そして、この小林の心と形は母の死後書き上げた「モオツァルト」に結実する。少々長いが、その消息を次の大岡昇平との対話に見られたい。

大岡　『モオツァルト』を読み返してみて、あの悲しみは、なにか戦後と関係があるような気がする。やはり敗戦はあんたにとって打撃だったんじゃないかな。あの形で書くということは、戦争中から決まっていたの。

小林　あんなふうな調子になるなんて、ちっとも思わなかった。なんだかそれは、おっかさんが死んだことと関係があるかもしれない。

大岡　お母さんが亡くなったのは昭和二十一年の五月、『モオツァルト』が発表されたのは、その年の十二月だったね。（中略）だけど、あんたのお母さんは、あなたが立派になったのを、とても喜んでいたと思うな。俺は鎌倉で一度か二度、お母さんから聞いたことがあるよ。

小林　おふくろは弱かったから、死ぬ予感がいつもあった気がする。

大岡　あのとき、いくつ。

小林　六十七かな。君なんか、お母さんのこと、考えないかね。

大岡　おふくろはあまり若く死んじゃったからね、四十八だった。

小林　君なんかそんなに苦労かけたことはないだろう。

大岡　そのとき、俺は二十一か二だったからね。酒を飲んだというくらいだ。父親よりも先に死んだ。
小林　ぼくのは、親父が先だろう、だからその苦労といったらひどいもんだよ。ぼくなんかああいう愚連隊だったからね。……それがいつもあるんだな。ぼくはこのごろ、おふくろのことばかり考えている。恩が返せなかったんだよ、ぼくは。それを思うんだよ。（「文学の四十年」）

「モオツァルト」の書きざまを問われて、「おっかさんが死んだことと関係があるかもしれない」と控えめに答えているが、「母の霊に捧ぐ」と献辞を寄せたことから見ても、鎮魂歌の趣が漂っている傑作である。

万葉の「かなし」に通じる心

さてここで、有名な一節を引いておこう。

モオツァルトのかなしさは疾走する。涙は追ひつけない。涙の裡に玩弄《がんろう》するには美しすぎる。空の青さや海の匂ひの様に、『万葉』の歌人が、その使用法をよく知つていた『かなし』といふ言葉の様にかなしい。

言う迄もなく、このくだりは弦楽五重奏曲の第四番ト短調に寄せる感想だ。この曲を作る前後、モオツァルトは明と暗が交錯する淵を歩いていた。

あのオペラ「フィガロの結婚」がプラハで評価を高め、次いで依頼を受けて「ドン・ジョバンニ」を作曲するが、この間父の死や体調不良が続くとともに借金苦にも苛《さいな》まれる。弦楽五重奏曲が完成する背景はそうした複雑な環境だったのである。

小林は、モオツァルトの事を調べるうちに似た境遇を知り、「かなし」の感情体験を共有する。そんな感じではなかったかと思う。

対談に戻ろう。小林は言う、「恩が返せなかったんだよ、ぼくは。それを思うんだよ」と。すでに読者は気づかれたと思うが、小学校二年生の作文「おやのおん」は、時を超えて此処に繋がる。こんな事も小林の人となりに多少とも通じた者にとっては何の不思議もない。

この大岡との対談は昭和四十年のことだから、「本居宣長」の連載開始の年だ。すでに近世の国学者儒学者の著作を熟読していた。そこには、脱藩して故郷に戻り母への孝養と学問に生きた中江藤樹、京都遊学中の若き日、母からの注意を喚起する手紙で生活を糺された経験を持つ宣長らがあまた存在する。「ぼくはこのごろ、おふくろのことばかり考えている」と告白しているが、彼らに触発されたとしてもおかしくはなかろう。

第七章　感受性を磨く

追想・『信ずることと知ること』

一本の電話

延岡で開催された小林の講演については、もう一つの余話がある。実は講演終了後に、私は友人を誘って氏の宿泊先のホテルに押しかけ、質問をぶつけたのである。内容は、歴史を知ることが自己を知ることになるとはどういう意味なのか、そういう趣旨だった。ロビーの真ん中で氏は若造の稚拙な質問に懇々と応じた。

この時の遣り取りの詳細については、第三章で述べたが、この深夜の質疑応答には実は後日談があったのである。

平成五年の事だったと思うが、文藝春秋社を退社後に文芸評論の仕事に移られた郡司勝義氏から突然電話を頂いたことがある。実は今、小林秀雄さんの事を書いているのだが、かつてあなたが延岡で質問した際に私も傍らにいて一部始終を見ていた。

あの時の質疑応答が切っ掛けとなって小林さんは『信ずることと知ること』と題する講演を構想することになった。たいへん重要なことなので、あの時の小林さんの言葉を自分のメモから再現しているのだが、正確を期したい。ついては、当事者のあなたの覚書があったら送って欲しいのだが、という問い合わせであった。

この『信ずることと知ること』は、ほぼ似た内容で二回の講演が行われている。一度目は、昭和四十九年八月に社団法人国民文化研究会が主催した学生青年合宿教室での講演、もう一つは、一年半後の昭和五十一年三月に都内の三百人劇場で行われた講演である。前者は国文研の小田村寅二郎理事長、後者は劇作家で文芸評論家の福田恆《つね》存《あり》氏の依頼に応じたものである。私は両方とも聞いているし、覚書のノートは今も手許に残している。

ところで、電話を貰う前の年、郡司氏は小林がこの題を選んで講演に臨むに至った経緯を、月刊『国民同胞』平成四年八月号所収の「小林秀雄『信ずることと知ること』を繞《めぐ》って」という寄稿文にすでに執筆されていた。其処にはこんなふうに書かれていたのである。

十一月初めの延岡市での講演を聴きにこられた方で、昂奮が醒めやらず、ホテルのロビーで、十二時頃まで待つてゐたふたりの青年がゐました。

実は、その熱意に大変うごかされて、このテーマ（筆者注「信ずることと知ること」）

を選ぶに至つたのですが、……小林先生が、まつたく見ず知らずの青年に懇々とさとされてゐる姿は、目蓋に焼きついてゐて離れません。

……そのふたりの方は、もう四十歳をこえてゐられる筈です。おそらく生涯忘れることの出来ない記憶をお持ちだらうと思ひます。一度、お会ひして、その時のことをうかがひたいと思つてをります。

その後に刊行された氏の著書『小林秀雄の思ひ出』には、

延岡でのふたりの学生の来訪は、異様な感動を小林秀雄に与へた。その月末のことである。「考へる」といふこととは何だらう、と考へつめて行くと、どうしても「信ずる」といふことに逢着する、これがなかつたら、錨を持たない船みたいなものだ、ただ徒らにあちらこちらと漂ふだけのことぢやないのかなとぽつんと語つた。

とある。

こういう回想記に接して以来、「信ずることと知ること」は私にとってなお忘れ得ない講演録となった。中身はベルグソンと柳田國男を語ったものであるが、ここではまず柳田の学問を小林がどのように語ったか、その消息を取り上げてみることとする。

柳田國男と道徳問題

小林はどんな学問に惹かれたか。折々に氏の関心が向けられた学者を順次挙げてゆくと、期せずして独特の学風が系譜の如く立ち現れる。その共通点は小林の資質と深く関わっていると見てよい。

その一人が柳田國男である。二人の関係で印象深いのは小林みずから明かした柳田との或る挿話である。晩年の柳田は小林にこの日本に言い遺しておきたい事があるから、是非聞いて貰いたいと要望したという。

これは余程の事だと思った小林は録音機を携えて柳田邸を訪問する。大岡昇平を相手に披露したこの思い出話のさわりを引いておく。曰く、

　柳田さんが亡くなる前、向うから呼ばれて三度ほど録音機を持って行ってるよ。つまりあの人は、なにか晩年気になったことがあったらしい。というのは道徳問題だよ。日本人の道徳観、それを言い残しておきたかったんだよね。筆記をとってくれというので行ったけれど、結局それは駄目だったな。話がみんな横にそれちゃっ

て、中心問題からはずれてぐるぐる回ってしまってね。（「文学の四十年」）

柳田という碩学は、小林が戦前から戦後の一時期まで関わった創元社に義理を尽くした人だった。自分の著作を出してくれた創元社に恩を感じて、社が傾いても、立ち直ってから出してくれればよいと、他社からの出版の誘いがあっても頑として受けなかったという。

おそらく、この時も小林ゆかりの創元社から言い残したいことを本にして出したかったものと思われる。この対談で相手をした大岡は、全国の後進の者による研究成果を吸い上げて、自分一人の成果のようにしたことに対する懺悔をしたかったのではないかと憶断するが、小林はこの愚昧な邪推に対して、「それはぜんぜん違うね、やっぱり日本の将来の思想問題が心配だったということだと俺は思ったね」と応じている。小林もそのような感じを晩年には抱いていたのではあるまいか。

結局、この時の記録は没にはなったものの、後年、小林は柳田の三つの著作、『遠野物語』『山の人生』、そして『故郷七十年』を熟読して、この碩学の民俗学創造の動機、世の中のインテリを剔抉する批評精神を発見して、柳田の学問は何処からやって来たのかを世に示した。それが『信ずることと知ること』のモチーフとなっている。

柳田が最晩年に憂えていたという、日本の道徳問題にこういう形で応じたとも言える。今小林が語るところを再読三読しているうちに、そういう思いが胸を満たす。

「平地人をして戦慄せしめよ」

満席の聴衆を前に、わざわざ持参した柳田全集の一冊を開いて読み始めた小林の姿が思い出される。それは『遠野物語』の序文のくだりだった。

思ふに遠野郷には此《この》類の物語猶《なほ》数百件あるならん。我々はより多くを聞かんことを切望す。国内の山村にして遠野よりさらに物深き所には又《また》無数の山神山人の伝説あるべし。願はくば之《これ》を語りて平地人を戦慄せしめよ。この書のごときは陳勝呉広《ちんしょうごこう》のみ。

そもそも、「山人」なる語は古来から使われた伝統用語である。杣人《そまびと》や炭焼きなど山奥に暮らす人々を指し、すでに万葉集に用例がある。元正天皇が山に入られた時、お供の者に向かって高らかに朗誦したという歌、

あしひきの山行きしかば山人の朕《われ》に得しめし山づとぞこれ

がその一例だ。「山づと」とは山苞、すなわち山の土産のこと。深山に分け入ってい
たら山人が私にくれた土産であるぞこれは、というのが一首の意味である。このよう
に実に古い言葉なのである。
おそらく山人は、平地での新奇な文明などには心を奪われず、独自の山の文化、伝
承を頑なに守りながら生活してきたものと思われる。万葉の時代から近代まで一貫し
てそのように暮らして来た。民話伝承の採取に当たった柳田はこうした山人の生活に
瞠目したに違いない。
一方、「平地人」という言葉に注目して頂きたい。これは近代文明を享受するイン
テリを指す。この平地に跋扈《ばっこ》するインテリは、山の人生や遠野の伝承などには目もく
れず、外来の思想に夢中になっていた頃である。柳田はそうした「平地人」に一矢報
いたいと思ったろう。
「願はくばこれを語りて平地人を戦慄せしめよ」という、烈しい言い方に、柳田の批
評精神が流露しているではないか。小林はそう読み取ったのである。「この書のごと
きは陳勝呉広のみ」という言葉にも柳田の気迫が滲む。因みに、「陳勝呉広」とは中

国の故事に由来する言葉で、陳勝と呉広はともに先駆けて秦に背いて挙兵した人物であることから、先駆者としての役割を指す意である。
柳田は民俗学の殿堂に籠もった人ではない。平地から隔絶された世界のなかに確乎として息づいている古伝承を採集・記録することで、過去の文化を断ち切ってゆく近代文明に抗した傑物だ。この人は只者ではない。そう看取したからこそ、批評の道を先駆ける小林の琴線に触れた。なんだ、学問の道を歩む者にもこれほどの含蓄ある批評精神があるのか、新鮮な感動を覚えたに違いない。
だから小林は『山の人生』を取り上げたのだ。其処には平地人を戦慄させるほどの男の話が紹介されている。自分が柳田に感じた共感を現代の若い世代にも分かちたい。そう思い立ち、全集本を持参して聴衆を前に朗読までしたのだろう。

「阿爺、これでわしたちを殺してくれ」

では、平地人のインテリを戦慄せしめる山の人生とはどんなものなのか、時は明治後半の頃、食いつめた炭焼きが十三歳の我が子ともう一人預かっていた子供を斧で殺してしまった。その後逮捕され刑に服する。当時法制局参事官として勤務していた柳田は、この犯罪の一部始終を記録で読む機会があった。

事件は柳田自身を戦慄せしめる内容が宿っていたのである。炭焼きの男は町へ炭を売りに行くが買い手がつかず山小屋に戻ってくる。そんな苦境が何日も続いていた。山里から帰ってくるたびに、飢えきっている子供をとても正視出来ない。その日は小屋の奥に入って寝てしまう。

ふと目覚めると、小屋の入り口には夕陽が差していて、子供二人が何事かしている。傍に行って見たら、斧を研いでいるではないか。そして子供は、阿爺《おとう》これでわしたちを殺してくれと言って木を枕に仰向けに寝たという。男はくらくらとして、前後の見境もなく二人の首を打ち落としてしまう。事件の顛末はたったこれだけである。

このくだりに小林は釘付けとなった。極貧の炭焼き一家の悲惨な事件ではあるが、小林はこの二人の子供の行為に曰く言い難い感動に襲われる。この事件を単純に悲惨とは言わないのだ。どういう読み方をしたかという点に読者は注意を払って頂きたい。

小林はこう言う。子供の行為にはちっとも子供じみたものもなければ、気まぐれもない、実に健全で信念に充ちていると見るのだ。子供たちは痛いほど阿爺の辛さを知り尽くしている。俺たちがいれば阿爺はますます苦しみ続ける。よし死のう、そう決意した感情には烈しいものがある。

しかし、と小林は自問する。それほどの強い決意をしながらも、一方で慎重に淡々と斧を研げたのはなぜか。その不可思議に思いを巡らす。そしてこう言う。これは単なる親孝行でもないし犠牲のようなものでもなかろう。そんなふうに概括出来ないものがこの話にはある。賢《さか》しらな分析や解釈を拒絶する何かが潜んでいる、と。

親孝行のために死ぬのだとしたら、もっと気負ったものがあるはずだが、そんなものはありはしない。ただ淡々と斧を研ぐ姿が其処にあるだけだ。「実に平静ですね。本能の如く自然ですね」と小林は語る。柳田は其処まで明確には書いてはいないが、そういう事が言いたかったのではないかと、小林は直覚する。

さらに言う。この二人の子供に窺えるのは、狂気ではない、人間が遥か昔から錬磨してきた「智慧」なのだと。この智慧がなければ人類はとっくの昔に滅びていたに違いないと言うのである。柳田の文章の含みをそのように味わい、洞察した。

柳田が「平地人」のインテリを向こうに回して、諸君、こういう強靭な生活思想が実在する事に気づき給えと突きつけた理由もそのあたりにあったのだと小林は確信し、柳田の学問の動機を追想してやまない。

「ある神秘な暗示」と学問

小林はかねてから柳田の作品を読み込んでいた。そして以上のような印象を強くしていた。

では、こういう思想を柳田はどのようにして育てたのか。その疑念が居座っていたのだが、やがて後年、『故郷七十年』を読んでいて気づく。その読書体験が『信ずることと知ること』の講演で披露された。

『故郷七十年』のなかに「ある神秘な暗示」と題した回想談が出て来る。柳田が十四歳の頃のことで、千葉の布川に預けられていた折の思い出話である。

近くに旧家があり、庭に亡くなった老婆を祀る祠《ほこら》があった。好奇心旺盛な柳田少年は内部が見たくて、或る晴れた春の日に覗いてみる。すると、薄暗いなかから蝋石の珠が浮かんで見えた。

その珠は中風の老婆が生前、愛用していたもので、老婆を祀るにはいちばんふさわしいということで、祠に納めたものだった。その珠を見ているうちに柳田少年は不思議な奇妙な気分に襲われてしゃがみこんでしまう。ふと空を仰ぐと、これ又不思議なことに数十の星がきらめいていたという。その時、高空で鵯《ひよ》がぴいッと鳴いたので、柳田少年は正気を取り戻す。そんな少年期の体験を語りながら、柳田は「あの時に鵯が鳴かなかつたら、私はあのまま気が変になつてゐたんぢやないかと思ふのである」と、さりげなく付け加えている。

このくだりを読んだ時、小林は柳田の学問が何処から生まれたのか、はっきりと掴んだ。柳田少年は間違いなく亡き老婆の魂を見たのだ。その神秘の体験が少年を発狂の寸前にまで誘ったものの、鵯の鳴き声のお蔭で我に返る。この鋭い感受性、これが柳田の学問のうちで大きな役割を果たしていたのだと、小林はしきりに思った。

そうか、そうだったのか。炭焼きの阿爺に首を打ち落とさせた二人の子供の強靭な精神、人がこの世を生きるためには自分を捧げてもいいという、祖先から受け継がれてきた自然な智慧に柳田が感応出来たのも、この感受性があったればこそなのだ。小林はそう確信する。

そして又、我々も炭焼きの小屋の出来事に心を動かされるとするならば、二人の子供に宿る幾万年の彼方から錬磨されてきた智慧は地下水脈の如く今も流れているということになりはしないか。

「美を求める心」と物のあはれ

日本武尊の歌

「物のあはれ」の「あはれ」の語について、その原型は『日本書紀』に見ることが出来る。日本武尊《やまとたけるのみこと》は東征の途中、伊勢の尾津浜に立つ「一つ松」のもとに、うっかり太刀《たち》を置き忘れた。

ところが、東国平定の使命を果たした帰途、再び立ち寄ると、太刀はそのまま残されていたのである。そこで日本武尊はいたく感激し、太刀を守ってくれた松の木に次のような歌を詠まれる。

尾張に　直に向へる　一つ松　あはれ
一つ松　人にありせば　衣着せましを
太刀佩《は》けましを

尾張の国に向かって立つ一本松よ、もしお前が人であったなら、衣を着せ太刀を持たせてやるのになあ——この日本武尊の歌こそ、感動詞としての「あはれ」誕生の消息を示す用例と見て差し支えなかろう。

ちなみに、『古事記』では周知の通り「一つ松　あせを」というふうに表現されているが、その意味するところは似たようなものである。

そこに、日本武尊のような荒ぶる若武者であろうと、その内面に瑞々《みずみず》しく湛《たた》えられた日本的感情が見て取れる。そうした独特の感情を指して、古人は「あはれ」と呼んだのであろう。

そこで宣長は、この「あはれ」の語が創出される様子を次のように説明する。

あはれといふはもと、見るものきく物ふるゝ事に、心の感じて出る、歎息《なげき》の声にて、今の俗言《ヨノコトバ》にも、あゝといひ、はれといふ是也。たとへば月花を見て感じて、あゝ見ごとな花ぢや、はれよい月かななどいふ、あはれといふは、このあゝとはれとの重なりたる物にて、漢文に嗚呼などあるもじを、あゝとよむもこれ也。（「源氏物語玉の小櫛」）

このように、「あゝ」「はれ」と発する嘆きの声が「あはれ」という言葉におさまり、以後長く感動詞として日本人の心情体験を表現するに至る。

言葉とは不思議なものだ。いずれにせよ、感動に襲われたときの、曰く言い難い感情に形を与えるのが「あはれ」という言葉であり、日本武尊の歌のように一つ松に対する感謝の思いを表すことも可能なのである。

その点で、この語は多様な意味として使用出来るわけで、実に汎用性《はんよう》が高い。どうも、そのあたりに小林の関心もありそうである。

これは小林が「匂ふ」という語に注目したときもそうだ。横道に逸《そ》れるが、言葉に対する小林の感受性を知る上で重要と思われるので、以前紹介しているのだが、もう一度ここに取り上げておきたい。

「匂ふ」と「もののあはれ」

小林は「匂ふ」という古語を指して「あんな複雑な、じつにたくさんの意味を持ってゐる言葉はないんです」と語ったことがある。

もともとの意味は、匂いを嗅《か》ぐというような意味ではなく、色が染まるというのが元だそうである。例えば、万葉集に笠金村《かさのかなむら》が詠んだこんな歌がある。

草枕旅行く人も行き触れば匂ひぬべくも咲ける萩かも

旅ゆく人の衣が触れると、色が移ってしまいそうなほど美しく咲いている萩の花であるよ。そんな意味だが、このように色が移る、染まるという使い方が基本である。しかし一方で、「照り輝く」という意味にも使えば、「香に匂ふ」と言うときの香りや匂いとしても用いられる。

さらには、刀の匂いという用例もある。勿論これも色のことで、刀身が鈍く微妙な照りを見せる。その色合いを言うのだそうである。

このように、視覚も触覚も嗅覚も含まれているのが「匂ふ」という古語なのである。実は、「もののあはれ」もこれに似たところがある。「あはれ」とは嘆息の言葉だと言った宣長が、次には一歩転じてこのように説く。

あはれと見るあはれときく、あはれと思ふなどいふたぐひは、いさゝか転じたるいひざまにて、これはあゝはれと感じて、見聞思ふ也。（中略）あはれをしる、あはれを見す、あはれにたへず、などいふ類は、すべて何事にまれ、あゝはれと感ぜらるゝさまを名づけて、あはれといふ物にしていへるにて、かならずあゝはれと感ずべき事にあたりては、その感ずべきこゝろばへをわきまへしりて、感ずるを、あはれをしるとはいふ也。（同前）

手際《てぎわ》よく整理された解説は出来にくいのだろう。従って、どうしてもこうした物言いになるのだが、宣長が「あはれ」という感情よりも、あはれと「見る」とか、あはれを「しる」などという認識の方に強い関心を寄せていることは分かるのではないか。少なくとも、はっきりと区別しているのは明瞭だ。

そうした宣長の指向を小林は、「感動に流されてゐるものが、どうして感動の深浅を知らうか。『あはれ』は情であつて、理ではないが、『あはれをしる』には、情理ともに働かねばならない。『その感ずべきこゝろばへをわきまへしりて、感じ』なければならない」と見るわけである。こういう意味深長なくどい言い方は注意を要する。

詩人はいかにして悲しみに打ち勝つか

こうした精神生活上の実情を、小林は、詩人や芸術家の仕事を示して明かしたことがある。あらましこんなふうに語っている。

感動というのは、感情が動いている心の状態である。動いているものは、やがて静まり、いつかは消える。そういう不安定で危うい感動を、「言葉を使つて整へて、安定した動かぬ姿」にするのが詩人の仕事である。

そもそも、感動は外に向かって表出しやすい。興奮したり叫んだりというように、表情に現れたり声に出るものだ。しかし、そうした直截な動きは、美しくはない。醜く見えるかも知れないし、滑稽《こっけい》に見えるかも知れないと、小林は注意を喚起して、こう述べる。

例へば諸君は悲しければ泣くでせう。でも、あんまりをかしい時でも涙が出るでせう。涙は歌ではないし、泣いてゐては歌は出来ない。悲しみの歌を作る詩人は、自分の悲しみを、よく見定める人です。悲しいといつてたゞ泣く人ではない。自分の悲しみに溺《おぼ》れず、負けず、これを見定め、これをはつきりと感じ、これを言葉の姿に整へて見せる人です。

詩人は、自分の悲しみを、言葉で誇張して見せるのでもなければ、飾り立てて見せるのでもない。一輪の花に美しい姿がある様に、放つて置けば消えて了《しま》ふ、取るに足らぬ小さな自分の悲しみにも、これを粗末に扱はず、はつきり見定めれば、美しい姿のあることを知つてゐる人です。悲しみの歌は、詩人が、心の眼で見た悲しみの姿なのです。これを読んで、感動する人は、まるで、自分の悲しみを歌つて貰つたやうな気持ちになるでせう。悲しい気持ちに誘はれるでせうが、もうその悲しみは、不断の生活のなかで悲しみ、心が乱れ、涙を流し、苦しい思ひをする。その悲しみとは違ふでせう。悲しみの安らかな、静かな姿を感じるでせう。そして、詩人は、どういふ風に、悲しみに打ち勝つかを合点するでせう。（「美を求める心」）

この名文は、まるで現代版の「もののあはれをしる」論ではないか。若い頃、小林の「もののあはれの説について」を読んだとき、そう直感した覚えがあるが、今もその印象は変わらない。

だから筆者は、感情論ではなく認識論だという小林説をどう考えればいいのかと聞かれたら、「美を求める心」を読むように勧めることにしている。

このくだりを読む度に思い描くのは歌作りの事である。筆者は学生時代に短歌の作り方を教わって以来、時々下手な歌を詠むことがある。そのなかには歓びの歌もあれば、友の死を悼んだ歌もある。小林に「涙は歌ではない」というように断じられると、思わず背筋が伸びる。

たしかにその通りなのだ。泣いていては内心の動揺は収まらず、言葉は浮かびもしない。言葉が生まれないと、乱れ動く心は行き所がなくて落ち着かないと言った方がふさわしいかも知れない。

言葉を幾度も選び直しながら、思いや感情にぴったりくる言葉や言い回しが見つかると、安心立命の境地に達する。滅多にないが、このときは爽快そのものである。

悲しみに溺れずに見定める。そして悲しみに打ち勝つのだという。この「打ち勝つ」とは、悲しみを忘れることでも消し去ることでもない。むしろ悲しみをしかと受け止める事だ。「もののあはれをしる」ということも、そういう意味での認識を指すと見て何ら差し支えない。

宣長は「もののあはれをしる」という年来の考えを纏《まと》まった形で体系的に解き明かしているわけではない。幾つかの著作のなかで取り上げているだけなので、真意が掴《つか》みにくい嫌いがある。その点、「美を求める心」は宣長の思想の核心に通じる小林の創造的作品であり、難渋なところは殆《ほとん》どない。推奨するゆえんである。

欲と情と

以下に引く文は、宣長の初期の歌論である「あしわけ小舟」の一節である。

欲バカリニシテ、情ニアヅカラヌ事アリ。欲ヨリシテ、情ニアヅカル事アリ。又情ヨリシテ、欲ニアヅカル事アリ。情バカリニシテ、欲ニアヅカラヌ事アリ。コノ内、歌ハ、情ヨリイヅルモノナレバ、欲トハ別也。欲ヨリイヅル事モ、情ニアヅカレバ、歌アル也。サテ、ソノ欲ト情トノワカチハ、欲ハ、タヾネガヒモトムル心ノミニテ、感慨ナシ、情ハ、モノニ感ジテ慨歎スルモノ也、恋ト云モノモ、モトハ欲ヨリイヅレドモ、フカク情ニワタルモノ也。

要するに、欲と情とは違うのだと説く一文である。欲は願い求めるのみだが、情の本質は物に触れて慨嘆する心の働きだという。

この情は物のあはれと殆ど同義と解していいが、こういう考えを指して、宣長の感情主義或は人情主義というふうに捉えるのは誤解を生み易い、と小林は言う。

何故なら、たしかに「あはれ」は欲ではなく情と同じ範疇《はんちゅう》であるが、「情に溺れる事は、あはれをしる事ではない」と断言する。

この事を宣長は『紫文要領《しぶん》』において「物のあはれをしり過れば、あだなるが多し」と指摘した上で、こう言うのである。

物の哀をしればとて、あだなるべき物にもあらず、しらねばとて、実《まめ》なるべき物にもあらず。（『紫文要領』）

小林は宣長のこのような説き方に読者の注意を促し、そこに込められた含みを次のように読み取ってみせる。

物のあはれを知り過ぎてはいけない、物のあはれは、ほどほどに知らねばならない、さういふ理はないのだ。物のあはれは、いかほどにも深くしるに越した事はない。深くしり、而も、あだあだしくならぬといふのが、難かしくさういふ人が多い、といふまでである。欲は我執であるが、欲を離れた情にも我執は残るものだ。あだな心とは我執を脱し切れぬ心なので、「物のあはれをしりがほをつくりて、なさけを見せん」とする心である。(「本居宣長—『物のあはれ』の説について—」)

成る程、物のあはれは、幾ら知っても知り過ぎるということはないのだ。問題は何か。いかにも物のあはれを知ったようなふりをする事、そういうあだな心なのである。

「一種の智慧」

以上のような、宣長のあはれ論を辿る小林に見えて来たものは何だったか。

その刮目《かつもく》すべき独特の所見を、「物のあはれの説について」のなかから引いておく。

「宣長の、あはれを説く言葉を辿つて行くと、以上の様に、それは、表面上、理性にも道徳にも関係はないが、深いところでは、これらと離れる事は出来ない所以《ゆえん》が、明らかになる。あはれは情には違ひないが、人間におのづから備はる一種の智慧と言つても少しも差支へない」

小林が行き着いた先に見えてきたのが「一種の智慧」というのが面白い。本書では小林の心を捉えた思想の言葉を幾つか取り上げた。

たとえば、第九章に述べる「大和魂」「コモンセンス」「中庸」「性質情状《アルカタチ》」「イマージュ」などがそうだが、これらの思想用語を吟味《ぎんみ》して小林が見たものも、「智慧」と呼んで一向におかしくはないのではないか。

クロード・モネの事

「睡蓮」の修復

先日、ＮＨＫスペシャル「モネ　睡蓮〜よみがえる奇跡の一枚〜」という再放送を見た。モネと言えば、小林が愛した印象派の画家の一人である。そのモネの有名な「睡蓮・柳の反映」が二〇一六年にルーブル美術館の収蔵庫で発見され、この絵の持ち主が日本人実業家の松方幸次郎（故人）だったため、百年ぶりに日本に返された。ところが、この絵の半分は失われていて、他の部分も傷みや変色で見る影もない。そこで、国立西洋美術館でこの瀕死の絵を蘇らせるプロジェクトが始まる。この番組はその一年に及ぶ修復作業を取材したものであった。

絵は幅四メートル、高さ二メートルの巨大さを誇る。絵が残っていると言っても殆ど色褪せて了っているのだから、光の画家と言われたモネを偲ぶ手掛かりは全て消えている。そこにあるのは古色蒼然としたがらくただ。作業に当たったのはむろん専門家のグループだが、幾度も壁にぶつかる。それでも、画布上の剥離した絵の具を繋げ、長年のあいだに付着した厚い埃を除去し、けっして補筆などは加えない。こうした作業からモネの技術や使用した材料などが解明されていく。見ていると、まるで事件事故の現場検証だ。

挙げ句にはＡＩ（人工知能）まで登場する。何をするのかと思えば、一九二五年に今回の「睡蓮・柳の反映」を撮った白黒写真のネガが残されていたそうで、これをもとにデジタル技術によるカラー復元が試みられたのである。ところが中間報告会で色が付けられた絵を見た研究者から幾つかのクレームがついた。例えば、絵の上下で様式が違っているとか、中央の明るく光っている箇所の色味が違う、全体のトーンと合わないなどの違和感である。

それはそうだろう。ＡＩに情報を学習させるのは人間なのだから、提供される情報によってはピントのずれた紛《まが》い物が現れるのは当たり前である。そこでどうしたか。デジタル復元の専門家は、モネが若い時に描いた画像データまで記憶させたのが間違いだったのではと気づく。年齢や時代の移り変わりの過程で、色調もタッチも変貌することは充分あり得る。だから、こういう場合、データの量を多く学習させたからと言って、正確な復元が可能とは限らないということだ。

「睡蓮・柳の反映」が制作された頃のもっと精密な画像データこそ欲しい。関係者はパリに飛んだ。晩年の作品が所蔵されているマルモッタン・モネ美術館を訪ねた時、同じタイトルの作品を目にする。七十歳を超えたモネは明るい色彩では描いていないではないか。これを知って暗めの色使いをＡＩに学習させることにした。

さらに、同じタイトルの作品が展示された世界各地の美術館にも足を運び、作品をデータ化し、再度復元してみると、ずいぶん落ち着きのある色調となり、黄色に見えた箇所は緑と紫に変換されていた。

これで色彩はほぼ再現出来た。しかしモネ独特の筆遣いが加わらなければ絵としては画竜点睛を欠く。プロジェクトチームは、モネの作風を調査してきた油絵画家に協力して貰い、再現した筆遣いをデジタル復元に取り込んだ。

こうした紆余曲折の末にようやく作業は終了し、公開に先駆けて美術館の関係者に披露された。闇の中に浮かぶ青い色の睡蓮、水面には深い柳の緑が映える。たしかにデジタル復元の完成度は高い。しかし一方で、これが写真だったら納得するが、モネの絵となれば蘇生したと言えるのか、甚だ疑問である。敢えて言えば、上等な贋作の製造ではないのか。そんな印象を残した。

光と色

小林もモネについて書いているが、まず近代科学における光学の発達と画家達の動向に言及している。以下、概観してみよう。

光に関して革命的な発見をしたのはアイザック・ニュートンとホイヘンスである。太陽光をプリズムに透過させると光は分離する。このような現象を光のスペクトルと言い、白色光が複数の色の光の集合である事がわかる。この光のスペクトルの発見によって、光は本来白色であり、屈折される事で色を帯びるという当時の常識は覆されることになる。

そもそも、光の色は「光の三原色」と呼ばれる、赤、緑、青の組み合わせで作ることが出来るが、物の色はどうして見えるのか。それは物が光を反射した色が見えているのである。たとえば緑の葉は、光を受けるとその光のうち、緑色の光だけを反射する。それ以外の色の光は葉が吸収してしまう。このように、反射光が色として見えているわけだ。

そうした光と色のメカニズムが徐々に明らかになって来るのだが、当時の画家達の多くは色さえ見えれば光などはどうでもよいという考え方のうちに安住していたらしい。なかには光に関心を持つヴェネチア派の大色彩家も出現するが、彼らは色の明度の強さ弱さによる色彩効果に関心があるだけで、自然の光の性質に注意を向けたわけではない。

花は紅、柳は緑とは、もう決り切つた事実であり、光はたゞ紅や緑の明るさを強めたり弱めたりするだけだといふ考へ方なのだから、光の反射で、色が変つたり、色が消えたりする様な現象は、画家にとつて不都合なばかりではなく、全く偶然な例外的な現象だと考へられてゐたのである。(「モネ」)

「花は紅、柳は緑」と思い込んでいるのだから、画家は風景画でさえ屋内で描くのが普通だった。光の移ろいによって変化する色彩そのものは見ようとしない。そういう傾向は長く続いたのである。

電磁波のうち、光として人間の肉眼に見えるものを可視光線というが、この光線をプリズムに通すと、波長の長い方から順に、赤、橙、黄、緑、青、藍、紫の七つの基本的な色を含んでいることが分かる。ちなみに、これより波長が長ければ赤外線であり、短ければ紫外線と呼ぶ。

このように、ニュートンは一本の太陽光から様々な色の光に分ける実験を行った。これを分光と言う。一方で、すべての色を含んでいる光を我々は「白い」と知覚して

いる。紙が白いとは、表面で反射したり散乱したりする現象から来る視覚と言える。小林は、

色とは、壊れた光である。（同前）

と端的に言い切る。

「色は決して滅茶々々にはならない」

こういう言い方もする。大洋の波は砂浜や岩に当たって飛沫をあげているが、太陽の光は地球に衝突して砕け散り、地球全体を彩色している。太陽光は、地上に達する前に、まずは大気中を通過する。その際、波長の短い青い光の方が空気分子にぶつかりやすく、乱反射して散らばるから、空は青く見える。日の出や落日が赤く染まって見えるのは、太陽が沈むにつれて、太陽の位置が横に移動して太陽光が空気層を通る距離が長くなる。その為、波長の長い赤い光も埃や水蒸気などにぶつかり散乱する。短い波長の青い光は遠くまで届かず、赤い光だけが見えるので、あの夕焼けの空となるわけである。

光が最も見事に壊れると、天空に虹の橋がかゝる、去つて行く夕立の無数の水滴が言はば天然のプリズムを作るからだ。（同前）

このような光の性質を知れば、花は紅、柳は緑と言ったところで、花や柳自体にそういう色を出す力はないのだと分かろう。

自己固有の振動数に同調する色光を吸収する事によつて、残りの色光で色づく、さういふ植物やら鉱物やらの分子が、自然のうちに存在してゐる以上、それを集めて来れば、絵具にも染料にもなるだらう。又、その分子の構造式が解かれゝば、合成的に製造出来るわけだ。さういふわけで、色の問題は、一定の範囲の波長の光が、地上にある、或は地上を覆ふあらゆる物に出会ひ、その表面で反射したり散乱したり、これを通過したり、これに吸収されたり、或は回折したり、互に干渉したりして、最後に視覚に訴へる、以上に尽きるのであるが、驚くべき事には、光のこんな大破壊運動が行はれてゐるにも拘らず、色は決して滅茶々々にはならない。海の波は何に衝突しようと大きな波が小さな波に変る事はないし、音の波でも、C調の波はＤ調の波に変ずる事はない。それと同じ様に、例へば赤い波は、何に反射し、何を通過し、何で曲げられようが、眼に達する時に青い波になつてゐるといふ様な事は起らない。同じ色の二つの波は干渉によつて、強くなつたり弱くなつたり、消えたりする。海の同じ大きさの二つの波が出会つて、両方の波の山と谷がうまく重なり合へば、水面は鏡の様になる。さういふ事はある。併し、様々な波がどんな具合に混り合はうと、お互にその基本の形を損ふといふ事はない、時到れば、めいめい元の姿で分れ分れになる。さういふ光の波の性質がなかつたら、無論、絵といふものは成り立ちはしない。どんな芸術も、根本では、自然に順応し、自然を模倣するより他はないのである。（同前）

小林の言葉を繰り返せば、自然による光の「大破壊運動」が起きているにも拘わらず、色はけっして滅茶滅茶にはならない。自然の力は光と色の調和を保つように働いている。その不思議を直覚した先駆者がクロード・モネである。

「鳥が歌ふ様に仕事をしたい」

クロード・モネ（一八四〇〜一九二六）は、フランス印象派の代表的画家で、我が国でもよく知られている。同派の呼称は、彼の作品「印象―日の出」に由来する。五歳のとき両親とともに、セーヌ河口の町ル・アーヴルに移住。幼少年時、同地の画家ブーダンに風景画の手ほどきを受けた。

青年期には、パリのアカデミー・スイスで学ぶとともに、アルジェリアで兵役を体験する。その後、ルノアールらとフォンテンブローの森に居を構え、画業に努めた。一八七四年にパリで開かれた展覧会に「印象―日の出」などの作品を出品し、印象派形成の中心となる。「ルーアンの大聖堂」「睡蓮」の連作などがある。

ただ、ここで注意しておきたいのは、モネは自然の光と色彩の美を終生追究した画家ではあるが、光学などの近代科学によって我が道を拓いたわけではないということだ。小林は以下のように指摘している。

芸術は時代の子であるから、印象派の運動も、その時代の光や色に関する分析的な学問の進歩といふものに照応してゐるわけだが、科学が直接に芸術家の眼を開くといふ様な事はない。モネはヘルムホルツに教へられるより、ロンドンのナショナル・ギャレリイで見たターナーの数々の傑作に教へられたであらう。いや、それよりも、光に対する熱情を彼に吹き込んだのは、恐らく、彼が少年期を過したル・ア

ーヴルの海だつたし、青年期に軍隊生活を送つたアルヂェリアの空でもあつたであらう。（同前）

〇

色彩派《コロリスト》が外光派《リユミニスト》に転じたのは、理論によつたのではなかつた。屋外に溢れる光の美しさが、画家達を招き、アトリエでの仕事を放棄させたからだ。（同前）

〇

もつと直接に風景を摑みたい、光を満身に浴びて、モネの言葉を借りれば鳥が歌ふ様に仕事をしたい、さういふ画家の自然への愛情の新しい形式の目覚めが根本の事だつたのである。（同前）

「自然への愛情の新しい形式」――それが外光派とか印象派と呼称された画家達が求めたものだった。小林はそう見る。近代科学が掴んだのも、光が透過するかと思えばぶつかったり、果ては屈折や回折も生じるなど、無秩序に見えながらも光と色の秩序は見事に保たれているという事実だ。目覚めた画家の欲求に科学が裏付けをしたようなものである。

「私はモネの眼の中にゐる」

モネが開発した技法が面白い。移ろいゆく風景を光の輝きと共に捉えて描くために、彩色上の革新を試みた。これまではパレットの上で様々な色の絵具を混ぜ合わせていたが、混ぜれば混ぜるほど、色は明るさを失って暗くなる。これは絵を描くのが好きだった少年時代の私も幾度も経験したことがある。いい色を出したいと思って色を混ぜ合わせていると濁りすぎて失敗ばかりした。そこでモネは、画布の上に基本色の斑点を並べて描く方法を採用したのである。この技法は彩色分割とか筆触分割と名付けられた。こうすれば、斑点の反射光が重なり合って自然な混色の効果が得られる。しかし、このようにして、光を追い求めたモネが辿り着いた画材は、何んの奇もない平凡な画材だったと小林は語る。「積み藁」の連作などその代表作だろう。要するに、太陽の光さえ浴びていれば一束の藁で充分だというモネの達観である。

晩年は、自分の家の池に咲いた水蓮ばかり描く様になつた。パリのオランヂュリイ美術館に、その最後の八つの大壁画がある。楕円形に作られた二つの大広間の四方の壁に描かれた池は、真夏の太陽にきらめき、千変万化する驚くべき色光を発してゐる。まん中に立つて、ぐるりと見廻すと、光の音楽で、身体がゆらめく様な感じがする。これは自然の池ではない。誰もこんな池を見た事もないし、これからも見る人はあるまい。私はモネの眼の中にゐる、心の中にゐる、そして彼の告白を聞く。（同前）

「これは自然の池ではない」という思いがけない言葉にぎくりとする。あふれる光のなかに誕生した池とでも言えばよいのだろうか。小林は、モネの心の中にいて、彼の告白を聞くのだという。その声は、おそらく、睡蓮の浮かぶ池から聞こえてきたのではないか。

第八章

数学の天才岡潔のこと

岡潔との対話『人間の建設』余話

「最上至極宇宙第一」

七夕の二日前の深夜、インターネットで偶々《たまたま》古書店業界のオークションに小林秀雄の直筆草稿が出品されるとの情報を目にした。「好き嫌ひ」と題した草稿で、若い頃から繰り返し愛読したエッセイである。

翌日、都内に店を構える旧知のA古書店に電話を掛け、業界では著名な店主に落札して貰えまいかと頼んでみた。老店主は、あれはなかなかの名文ですな、分かりました、御依頼に添えるよう、やってみましょうと、意外にあっさりと引き受けてくれた。オークションは七夕当日、結果についてはその翌日に電話で知らせるとの由、心待ちにした。必ずや筆者のもとに舞い降りると信じて疑わなかった。果たして破格の金額で落札して貰った。三日後に届いた草稿は八枚、ブルーブラックの角張った独特の筆致が鮮やかに迫る。

この草稿は、昭和三十四年五月号の『文藝春秋』に掲載されたものである。「愛する事と知る事と」と副題が添えられていて、こよなく『論語』を愛した伊藤仁斎の学問への感想が綴られている。

こんな事が冒頭に書かれている。仁斎直筆の論語注釈には、巻頭に「最上至極宇宙第一」との書き込みがあり、それがいったんは消され、再び書き直されている。そういう箇所が随所に散見されるのだという。

小林秀雄は此処に惹かれる。というより、仁斎の心事に想いを馳せるのだ。どんな心持ちでこの讃辞を書いては消し消しては書いたのか。あれだけの碩学がここまで手放しで「最上至極宇宙第一」と絶賛する。無邪気なものだと読み飛ばせばそれ迄である。

いや、今日では、主体性と客観性を失った、学問と呼ぶにはあまりに懸け離れた卑俗で非科学的な態度と見て、こんなエピソードには冷ややかだ。勿論、そんな風潮は承知の上で、小林はこの挿話に言及している。それが分からなければ、この一篇の真意は読み取れない。

其処には恥じらいも面映ゆさもあったろう。まるでこれは仁斎の恋愛体験のごとき刻印だと小林は見る。曰く、「……惚れた女を、宇宙第一の女といふのに迷ひはなかつた筈はあるまい」と。

「愛する事と知る事と」

やがて小林は本居宣長の執筆に取り掛かることになるのだが、その宣長の著作群は「最上至極宇宙第一」の書となったに違いない。「愛する事と知る事と」という副題を付けた真意も、成る程そうかと合点出来る。

草稿を眺めていると、仁斎の学問について、このようにも語っている。「学問の道は、『論語』を愛読する事、どう考へても、宇宙第一の書と信ぜざるを得なくなるまで愛読する事に尽きる」と。

筆者には、こんな短い警句も漫然とは読み過ごせない。私たちは、「愛する事と知る事とが全く同じ事であつた様な学問」をいつの間にか忘れている。そうではないか、占部君、と囁きかける肉声に眠っていた私の意識ははっきりと目覚める。

知る事とは冷静になる事、対象を前にして魅了されては客観性を欠く。努めて感情を殺し、分析の眼を曇らせるな、というのが、現代の学問の王道だ。論文一本書くにも、この鉄則は墨守されねばならぬ。

物に触れては動くのが人の感情である。千々に揺れ動いていて、どうして物の本質に辿り着けよう。まして尊敬心を抱くなど以ての外、公平さを欠いた偏頗《へんぱ》な代物となる。それは、もう学問ではない、宗教ではないかと非難されかねない。

それゆえ、論文執筆の際は、我が文章は感情が殺せているか否か、意地悪く推敲を繰り返すのが常だ。そうした体験を重ねる者にとっては、「愛する事と知る事とが全く同じ事であつた様な学問」と言われても、怪訝《けげん》に思うか、冷笑するかのいずれかであろう。

しかし、一笑に付して、この小林の問いを逃げるわけにはいかない。宣長も小林も実証的な学術業績を無視してはいない。その徹底ぶりはつとに知られている。事実の検証は可能な限り尽くした上で、なおかつ我が心を失わない道を歩いたのである。ただ、其処が難しい。

晩年、この点に気づいたのが、史学界では実証主義の泰斗《たいと》として知られた津田左右《そう》吉《きち》である。津田左右吉全集の月報に西洋史学者の原随園《ずいえん》が寄せた「津田博士の読書」と題する思い出話は興味深い。こんな回想が記されている。

秋の気配が訪れた或る日の夕刻、原は津田邸を訪問した。庭先からはしきりに虫の鳴く声が聞こえて来る。歓談していると、津田はこう呟く。「……自分は虫の声をきいても、あれは何という虫だろうかと気になるし、時代によって名前がちがうと、王朝時代では何といったかと調べてみたくなる。虫をきいて、虫の声だけに興味がもてるというのが羨ましい」

秋の風情に浸ろうと思うのに、実証主義で鳴らしてきた碩学の知性が邪魔をする。晩年の津田はこんな心境に陥る事があった。心情から乖離《かいり》してしまう学問とはいったい何なのか、実に重大な問題を我々に提起していると思われてならない。

そもそも津田の学問は、神代史への徹底的な懐疑から始まった。この疑う力が彼の学問の根底にあるのだから、彼の研究には知が新たな知を食べて勢いを増すごとき感がある。

例えば、虫の声と鹿の鳴き声に悲しみを誘われる新古今時代の人々の心情を追究した作品がある。古今集と万葉集とを照応し、ひいては中国古代の漢詩と比較し、概念として創り上げられた「悲しみ」を析出する手際は鮮やかだが、日本人の心情体験を求める道からは遠ざかる。

斯界の権威が「虫をきいて、虫の声だけに興味がもてるというのが羨ましい」と告白した挿話は、戯れに洩らした独語ではあるまい。長年の友人との会話だったから、つい本音が口をついて出たに違いない。まさに近代の学問に宿命づけられた両刃の剣を垣間見せている。

小林は、こうした厄介な問題に独特の感覚でいち早く気づいた傑物である。

「春になつて花が咲くやうな学問」

筆者が初めて小林の謦咳に接したのは、昭和四十八年十一月八日のことである。文藝春秋社主催の文化講演会が宮崎県延岡市で開かれることとなり、講師として中村光夫や水上勉、那須良輔とともに、小林秀雄も壇上に立った。

「文藝雑感」という、いかにも小林らしい演題だったが、およそ六十分のあいだ、何が語られたか。この時の講演内容はどこにも紹介された形跡もなければ、新潮社の小林秀雄講演CDシリーズにも収録されていないので、人は知る由もない。

とりわけ、中川紀元と中川一政という二人の画家との交遊を通じて確信した、プロの「芸」というものの凄さ、さらには数学者の岡潔の事が取り上げられたが、これが実に面白かった。前述の学問の問題にも関わるもので、小林が終生考え続けたテーマでもあるので、当時の記録を参考に紹介しておこう。

プロと素人はどう違うのかについて語った後、突然だがと断って、小林は岡潔の学問に言及し始めた。二人の対話集『人間の建設』を愛読していた筆者は、思わず身を乗り出した事を覚えている。

数学というのは論理の学問であり、芸などになるわけがないのに、岡の経験を聞けばどうも芸になるらしい。そう徐《おもむろ》に語り始めた場面がありありと甦る。

私はハッと思つたんです。岡さん、かういふ文章を書いてゐたんです。この頃の数学は面白い数学が沢山現れるけれども、どうも満目荒涼たるところを行く感じがしないでもない。

どうにかして、春が来て花が咲くやうな数学が出来ないものかといろいろ考へて、若い時にパリに行つて知つた或る定義をやつてみたら、今度の論文はたしかに春が来て花が咲いたやうな感じのものが出来た、さういふ文章を書いてゐるのです。

かういふ文章はとても文士なんかに書けるものぢやない。感動しましてね。

春になったら花が咲くような学問、これはもう、芸に近い。数学の世界にも芸が生きて働いている。岡の文章に小林は心底共感を覚えたのである。

これも、此方が迂闊なら変人と評判の岡という人らしい言い方だと済ませがちだが、小林は鋭敏に反応する。仁斎の「最上至極宇宙第一」なる讃辞に感じ取ったのも、同様の独特の感受性だ。

小林の批評眼はどのように近代の学問を見ていたか、その一端を窺わせるのが、先の岡との対話集である。この対話は昭和四十年に新潮社の仲介で開かれ、同年秋に刊行された。小林によれば、自分の本で一番売れたという。

講演では、その時の遣り取りが活き活きと語られた。まるで傍らに控えて珠玉の対話を聞いているかのようで、興奮に胸が高鳴ったものだ。ちなみに、本に収録されたのはほんの十分の一程度であり、此処に紹介するのは割愛された場面である。少し長いが小林が語る岡潔像を、以下に語り口そのままに再現する。

岡潔の発見――「眠くなるまで考へる」

僕はいろんな人に会ひましたけどね、ああ、この人はほんたうに天才だなと思つた、ごく僅かな方ですよ。座談会は朝の十一時から始まつたんです。で、終はつたのは夜中の十二時頃です。

あの先生、とつても話好きな方でね。話出したら、人が分からうが分かるまいが、滔々とやり出して、どこまでも行つちやうんです。その時にかういふ話を聞いたんです。

初めて発見なさつた時です。何でもね、奥さんと喧嘩して床屋に行つた。そして髯《ひげ》を当たつてゐた時、ハッと分かつたといふのです。ああ、さうか、さうかと。

しかし、今度はその先がなかなか分からない。そのうちにね、中谷宇吉郎さんといふ、私もよく知つてゐる雪の博士が見かねて、あなた、貧乏で食へないし、私は北海道で雪の研究をしてゐるから、そこにある部屋を貸してやるので夏のあひだ勉強したらどうかといふわけで、岡さん行くのです。

行くとね、何しろ数学といふのは、藁半紙と鉛筆があればいいんださうです。あと何にも要らない。ただ考へてゐればいいんです。部屋に座つて、藁半紙出して鉛筆はそこに置いてね。

すると、寝ちやうんですつて。毎日やつてゐると、寝てゐるんです。さうすると、嗜眠《しみん》病といふ渾名《あだな》がついたんださうです。それで、かう言ふのです。

小林さん、物を考へるといふのはね、眠くなるまで考へなくては駄目だよ。といふのは、嗜眠病と言はれながら毎日毎日やつてゐると、或る日、突然分かつたさうです。どういふふうな感じでしたかと聞くと、それは君、ちやうどね、唐紙《からかみ》がずらつと並んでゐて、その唐紙がさらさらさらさらと、向かうに行つちやうやうなものだよ、と。

でね、岡さんは床屋で髯を当たつてゐた時、あれだなと直感したものを世界中の数学者がどういふふうに考へてゐるか、関係文献を全部集めたんださうです。

さうすると、もう考へる余地はどこにもないことが分かつた。人間に考へられる筋道は全部世界中の数学者が辿つてゐるのです。それを鉛筆を持つてもう一度辿るのです。そりや眠くなるよ。おんなじことを毎日やつてゐるんですから。いくら考へたつてその道しかない。

だからその道を辿つてゐるうちに眠くなる。さうすると、インスピレーションというものが湧く。考へるといふことは、考へるどん詰まりまで行かなければ、絶対に発見といふものは出来ないものなんだ。さういふ事を僕は話して貰つた。

成る程、さうかと思つたね。話し方がね、何とも感じがあつたものでね。さらさらさらさらと唐紙が向かうへ行つちやうんださうです。

小林秀雄の直覚と流儀

この時の小林の語り口と表情は今も鮮明に浮かぶ。いかにも楽しそうに親友の思い出を語るかの如き感じが強くて、ひときわ印象深い。

聴衆に向かって小林はこう語りかけた。そこには批評家としての天稟の資質が覗いている。

……考へるといふことはね、眠くなるまで考へなければ考へない方がいいんです。大事な事はさういふことなのです。だいたいの人は中途半端に考へて喋つてゐますよ。分かつたやうな顔してね。それが今のジャーナリズムでせう。みんな分かつたやうな事を言つてゐるぢやありませんか、もつともらしいことを。

だけど、或る限定された問題で、もう考へる余地がないほど考へてゐるかどうか……。今の政治問題とか世界の問題だとか、ちよいと考へるんです。ちよいと考へては何か言つてゐる。眠くなるまで考へてゐないでせう、誰も。

だから、もしも考へるならば、眠くなるまで考へなくてはいかん。さういふことを教はつた、岡さんにね。教はつたといふより、実感として僕は分かつたんです。

小林君ね、眠くなるまで、君、考へなくては駄目だよ。さうぢやなければ考へない方がいいんだよ、と。眠くなるまで考へたら、人間は何かを発見する。その知恵といふのは、何処かからやつて来るでせう。僕から来るんぢやないんです。

不世出の数学者岡潔の学問の秘密を此処まで理解し得たのは小林ならではの批評家魂である。眠くなるまで考えるとは、知力ではどうにもならない地平にまで行き着く事であろう。その時、唐紙がさらさらと開いて人知を超えた天啓を額に受ける。

眠くなるまで考えたら、「知恵といふのは、何処かからやつて来る」と見る、こういう直覚の仕方が小林秀雄の流儀であり、汲めども尽きない魅力である。

情緒の人　岡潔の面影

孤高の数学者

かつて昭和の時代、奈良に一人の数学者が住んでいた。奈良女子大学の教師岡潔《おかきよし》である。生涯の研究テーマは多変数函数論というもので、この分野の重要な課題をほぼ独力で解決し、世界の数学界に多大の貢献を果たした学者として名高い。その不朽の功績に対して、昭和三十五年には文化勲章が授与されている。

一方で岡は、『春宵十話』を発表以来、数多くの随筆を書き残した。晩年は戦後日本人の精神的な衰退に警鐘を鳴らし、覚醒を促す憂国の人としても知られる。

その岡潔をなぜか寒い季節になると思い出す。かつて私には一度だけ岡の講演を聴く機会があり、満座の中で質問したのも冷え込んだ二月半ばのことである。

その岡と小林の対談集『人間の建設』は今に至るも多くの読者を持つ。此処では、小林が敬意を払って已まなかった数学者の面影を紹介しておきたい。

岡は明治三十四年、大阪市に生まれた。旧制の第三高等学校を経て京都帝国大学理学部を卒業し、母校の講師となる。昭和四年にはフランスへ留学、帰国後は一時期、広島文理大学に助教授として勤務した。この頃から日本文化への関心が強まり、数学研究の傍ら道元の『正法眼蔵《しょうぼうげんぞう》』などに親しみ始めたという。

しかし、広島での教師生活は長く続かず、研究に没頭すべく郷里に引き揚げる。当然収入は乏しく、生活は困窮する。そこで、見かねた親友の中谷宇吉郎が北海道大学の嘱託として招聘《しょうへい》してくれるのだが、この時に数学上の重要な発見をしている。その経緯については既に述べたとおりである。

百姓と数学

初の随筆集として話題をさらった『春宵十話』にはこんなことが書かれている。

数学に最も近いのは百姓だといえる。種子をまいて育てるのが仕事で、そのオリジナリティは「ないもの」から「あるもの」を作ることにある。数学者は種子を選べば、あとは大きくなるのを見ているだけのことで、大きくなる力はむしろ種子の方にある。

こういう考えの数学者だから、その学問観も独特である。概略こんなことを言っている。この頃の数学はどうも満目荒涼たるところを行く感じがしないではない。どうにかして、春が来て花が咲くような数学が出来ないものかと思ったらしい。そこで、パリ留学中に出会った数学上の難題に取り組んでみたら、出来上がった論文はたしかに春が来て花が咲いたような感じのものになったという。

プラスの日マイナスの日

ところで、孤高の天才には抱腹絶倒の逸話も数多く残されている。作家の藤本義一氏が若い頃、岡の自宅に頻繁に出入りして取材をしたことがある。その時知ったことの一つに、岡にはプラスの日とマイナスの日があって、マイナスの日は機嫌が悪く取り付く島もない状態だったそうである。

或る時、地元の学校でＰＴＡの講演会があり、講師を頼まれる。ところが、運の悪いことに当日がマイナスの日に当たってしまった。係の者が車で迎えに来たので会場までは出向いた。しかし壇上に上がるや、マイクに向かって「あ、あ、あ、……本日は晴天なり」と二度繰り返した後、壇上を降りてすたすたと帰って行った。

聴衆は呆気にとられて声も出ない。付き添いで来ていた藤本氏が慌てて事情を説明すると、担当者は講演の穴をあなたが埋めて欲しいと懇願され、急遽代役を務める羽目になったと本人が述懐している。

実は文化勲章受章に際しても国の役人は受けて貰えるかどうか心配で、当時岡が勤務していた奈良女子大学の落合太郎学長に相談する。落合学長からは、今なら研究が一段落しているところだから好機だとの返事だったというから、おそらくプラスの日だったに違いない。

かくて、無事勲章を受けて貰えたのだが、落合学長に取り持ったのが実は小林だったという事実は殆ど知られていない。落合も小林も共に東京帝大の仏文科出身で旧知の仲だったのである。

「情に照らせば分かる」

岡はなつかしさの感情が日本民族にとっていかに大切なものか説いて已まなかった数学者である。或る時はこんなふうに語ったことがある。

ともになつかしむことのできる共通のいにしえを持つという強い心のつながりによって、たがいに結ばれているくには、しあわせだと思いませんか。（『春宵十話』）

この「なつかしさ」については印象深い思い出がある。昭和四十七年二月十五日のこと、大学一年の私は博多で開催された岡の特別講演を聴講する機会を得た。登壇した白髪瘦躯《そうく》の姿を目の当たりにして息を吞んだ。隆々とした白い眉も焼き付いている。椅子に座っての講演が始まると、何やらポケットから出される。一本の煙草だった。これを両手でいじられながら話が進む。机の上には中身がこぼれ落ち、時々それを手のひらで掬《すく》われるのがおかしかった。

演題は「日本人と『情』」というもので、日本的情緒の恢復を語った珠玉の講演だった。まず、自分とは何かが分からなければ何事も始まらないとおっしゃる。そして、こう断言された。

日本人は情を自分だと思つてゐる民族です。だから、どんなに知的に納得しても、情が納得しなければ本当には納得しないのです。いいこともいけないことも、情に照らせば分かる。これが日本人の道徳です。

こんなことを聞いたのは勿論初めてである。偉大な数学者が知ではなく「情」が大切だと言うのだから不思議だった。それだけにこの話は今も胸に刻まれている。

たった一度の質問

独特の淡々とした口調で、いよいよ話は佳境に入る。人には表層意識と深層意識の二つがあり、日本人は本来、深層意識が基調となっていたはずだが、今は表層意識が中心になってしまったとの指摘である。

岡が言うには「なつかしい」という感情は深層意識から生まれたものだそうだ。たしかに西洋人も「なつかしい」とは言うが、過ぎた昔がなつかしいという意味で使うに過ぎない。しかし、日本人は違うのだと言って、次のような例を挙げた。

たとへば芭蕉に、秋深し隣は何をする人ぞ、といふ句があります。あれは隣の人を知らないから、なほさらなつかしい、さういふふうに使つてゐるのです。

ところが今、この日本人本来のなつかしさの感情が衰へてしまつたのではありませんか。

旅先で襖一枚隔てた向こうにいる見ず知らずの他人、そこに寂寥《せきりょう》感を覚えるのかと思えばさにあらず、むしろなつかしさを感じるのだとおっしゃるから、これまた不思議であり驚きであった。

実はこの時、私は少し複雑な心境だった。それは、「なつかしさ」の感情を捨て去るような少年期を送って来たからだ。小中学校時代、父の仕事の関係でほぼ一年に一校ずつ西日本各地を転校したから、なつかしさの元とも言える故郷は持たなかったのである。

そこで、質疑応答の時間に思い切って手を挙げ、どうしたらなつかしい感情が磨けるのか、日本の古典を読んでみようと思うがそれでいいのかと訊いたのである。岡は言下に諒と応じられたが、あの頃が物学びの事始めだったように思う。

第九章　本居宣長

畢生の大業『本居宣長』への道

連載『本居宣長』の起草

考えてみれば、アルチュール・ランボーやドストエフスキイ、モーツァルトやゴッホなど西洋の文学、芸術家を対象とする仕事に精力的に打ち込んだ批評家が、やがて邦家の近世儒学者に関心を向け、ひいては本居宣長の研究に到達した、その紆余曲折の道は、世人に不思議さと訝《いぶか》しさを抱かせるらしい。

しかし、本居宣長の『新潮』連載は唐突に始められたわけではない。その起草に際しては以前から準備は積まれていた。昭和三十五年には、新潮社の『日本文化研究』に『「物のあはれの説」について』の一篇を執筆しているし、すでに戦時中には『古事記傳』を熟読している。そういう経緯を見れば、とっくに種は蒔かれていた。時が萌《きざ》すのを待ち続けていただけなのだ。

そうは言っても、連載を始めてみれば一筋縄ではいかない局面も度々あったに違いない。筋が通ればそれで済むものではない。古典に精通した宣長の思想に這入り込むには、みずからもその足跡を追体験せずして書けはしない。そんな思いを噛みしめながら、日々の執筆は続いたであろう。延岡の講演でも、その苦労の一端が語られた。

僕は宣長さんを長いことやつてゐます。なんだまだやつてゐるのかと言はれますけど、どうつてことないですよ。宣長といふ人は『古事記傳』を書くのに三十五年もかかつてゐますからね。僕みたいな無学な男がそんなに出来るわけないぢやないですか。

あの人の『古事記傳』を読んでゐますとね、あれ、ちつとも学問ぢやないです。あれはあの人の楽しみです。楽しみだといふ事がまざまざと読んでゐて解ります。あれは芸です。今の学問といふのは知識を重んじる。知識で何でも出来ると思つてゐるでせう。

さうぢやないんですよ。考へ通して考へ通したあと、何かが現れるんです。それが読んでゐますと、よく解ります。あの人はただの学者ぢやありません。さういふ事を昔の人は、ことに開眼した人はやつてゐたんですね。

『新潮』連載開始は昭和四十年六月号からであり、この講演の時までに八年余の歳月が経過している。一人の人物の思想を此処迄書き続けるのは、小林の仕事としては異例の事ではある。いったい何時まで続くのかと聞かれて当然であろう。

徒に延々と長く書くわけではない。しかし、とても要約は叶わない。三十五年も要した努力の結晶を概括して了えば宣長の思想は死ぬ。この事を小林はもっとも恐れた。それは、『新潮』に書き続けられた初出の文章を読んだ者には合点がゆくだろう。長短に及ぶ、頻繁な史料の引用にもその戒めは窺われよう。

宣長が考え通した三十五年は眠くなる歳月だ。ならば自分も眠くなるまで歩いてみよう。そのほかに近づく道はない。そうしなければ見えては来ない物が、この仕事にはある。そう決意しての連載だったと思われる。

「何かが現れる」

ところで最近のこと、昭和四十年十一月二十七日に國學院大學で開催された小林の講演テープが同大学の資料館から見つかり、新潮社からCDとして発売された。宣長の連載開始から半年経った頃の講演であり、その執筆動機が語られていて興味深く聞いた。

講演を嫌った小林だが、こういう機会に問わず語りに心情を吐露することもある。

当事者からの貴重な証言であり、絶妙の講演は一種の作品と化している。私はそう見る者の一人だ。あだや疎かには出来ない。

この講演の冒頭、目下、私が書いている「本居宣長」は学者のような仕事ではない、芸人の仕事です、と言い切っている。要するに、やってみなければ分からぬ仕事なのだという意味である。

仕事をしているうちに、対象が思いも寄らない一面を現す、或いは直感していた物が明瞭に輪郭を形作る。そういう出たとこ勝負の過程が私の仕事である。そう語って、宣長を書くに至った動機の一つを披露している。

小林は宣長に関する先行文献を人に頼んで集めて貰った。そしてその全てを読んだという。このくだりを聞いて、私は延岡で語られた、岡潔の発見の挿話を思い出した。発見のとば口に立っていた岡が、関連する世界中の数学文献を全て読み込んで眠くなり、その挙げ句、ついに発見に至ったという、あの場面だ。ははあ、小林さんもそうだったのかと、四十年目に改めて私は合点した。

僕は日本で書かれた本居宣長論は殆どみんな読んだんです。読んだけれども、どうも気に食はないものがある。なんか違ふ事が自分には言へるんぢやないか、といふものがなけりや事は始めません。そりや前の人が言つた事を成る程と思へば、それでいいんですからね。

戦前刊行された吉川弘文館の宣長全集を熟読し、岡潔と同じように世に出された数多の研究者の宣長論を辿ってゆく。屹度眠くなったろう。その果てに先行文献とはひと味違う自分の宣長像が結ばれる。――「考へ通して考へ通したあと、何かが現れるんです。それが読んでゐますと、よく解ります。あの人はただの学者ぢやありません」

よし、一つ、この未だ定かならぬ「何か」を自分の文章の上に整理してみよう。どんな宣長像が出来上がるか、やってみなければ分からない。執筆動機はこうして連載の形に具現化する。

「淤母陀琉ノ神」と「阿夜訶志古泥ノ神」

延岡でも終盤に宣長の事に言及されたが、無学な若造には到底及びもつかないもので、その深淵さを遥か彼方から、束の間仰ぎ見た、そんな感覚に浸った程度である。

取り上げられたのは宣長の『古事記傳』のさわりに過ぎなかったが、これ又、芸の話と無関係ではなかった。神話に接する現代人は、あまりに不思議な物語のため、古代人は僕らと精神構造がよほど違って、知性など皆無に等しかったに違いないと高を括る。そんな学説はもう通用しないと、きっぱり断言された。

やっぱり、宣長みたいに『古事記』をそのまま受けとるより、どうしてもあの『古事記』を理解することは出来ません。『古事記』時代の人達はひとつも馬鹿ぢやないです。

僕らみたいに理性と知識を持つてゐなければ、彼らは魚を獲ることも獣を捕まへることも出来なかつたでせう。生活を送る上で僕らと同じ技術と判断が要つたんです。ちつとも彼らの精神の構造に僕らと変はつたものはないのです。

ただ違つてゐるのは、知識といふものでは本当は何にも解らないといふ事が解つてゐたことです。つまり、僕らみたいな人間といふのは、いかに小さな存在であるか、その小さな存在がもつと大きな世界のなかに生きてゐるんだといふ、さういふ感覚です。さういふものを知識と一緒に持つてゐたんです。

こう語って、小林は『古事記』冒頭の「天地の初発《ハジメ》」のくだりに現れる淤母陀琉《オモダル》ノ神と阿夜訶志古泥《アヤカシコネ》ノ神の二柱の神について話を進めた。

『古事記傳』によれば、淤母陀琉は「面《オモ》の足《タ》る」ということから、「不足処《アカヌトコロ》なく具《ソナハ》りと丶のへる」というほどの意で、阿夜訶志古泥の「阿夜」は「ああ」という嘆きを指し、「訶志古」は「畏れる」の意味らしい。このように命名された神が伊邪那岐《イザナギ》ノ神、伊邪那美《イザナミ》ノ神の直前に出現する。

　小林はこの意味深長なネーミングに強く関心を惹きつけられた。この時期の連載も、実はこの神の命名に関する宣長の解釈に思いを巡らす内容だった。こんな風に書かれている。


　要するに、淤母陀琉《オモダル》、阿夜訶志古泥《アヤカシコネノ》神の出現といふ出来事に、古代人の神の経験の性質が、一番解り易く語られてゐると宣長は考へた、と見てよいのだが、その神名の解によれば、この経験の核心をなすものは、――「其ノ可畏《カシコ》きに触《フレ》て、直《タダチ》に歎《ナゲ》く言」にあつたとするのだ。（中略）彼は「物のあはれを知る心」は、「物のかしこきを知る心」を離れる事が出来ない、と言つてゐるのである。我邦の歴史は、物のかしこきに触れて、直ちに歎く、その人々の歎きに始つた、と古伝の言ふところを、宣長は、そのまゝそつくり信じた。

宣長は『古事記傳』で、神とは何かと問うて、「何にまれ、尋常《ヨノツネ》ならずすぐれたる徳《コト》のありて、可畏き物を、迦微《カミ》（神）とは云なり」と説明しているが、此処に言う「可畏き物」は、阿夜訶志古泥ノ神の名前に由来する。「元はと言へば、神の名であるところが面白い」と小林はいう。

一方で奇妙な事に、未だ国土の誕生がないにも拘わらず、国之常立と名づけられる神をはじめ次々と神々が誕生するという、順序の混乱が見られる。しかし、乱れも治まり、いよいよ伊邪那岐ノ神、伊邪那美ノ神が国生みを始めようとなさる直前、淤母陀琉、阿夜訶志古泥ノ神が出現を見る。

すなわち、淤母陀琉という神の満ち足りた姿形が其処に暗示され、同時に阿夜訶志古泥という人知を超えた畏敬すべき実在への感歎が発露して、初めて国生みの大業へ移る。この絶妙の展開に、「古代人の神の経験の性質」を明らかにしようと努める宣長の真意を看取する。

神の命名という古代人のわざ

連載では神の命名に関して、このようにも言う。

……先づ八百万の神々の、何か恐るべき具体的な姿が、漠然とでも、周囲に現じてゐるといふ事でなければ、神代の生活は始まりはしなかつた。その神々の姿との出会ひ、その印象なり感触なりを、意識化して確かめるといふ事は、誰にとつても、八百万の神々に命名するといふ事に他ならなかつたであらう。

成る程、神の命名とは、その実在を感じ取って生きている生活実感の意識化なのだ。愛する者の名前を呼べば、たちどころにその面影が活き活きと眼前に現出する。我々が日常に経験している事実である。

実際、こんな事がある。或る年のこと、一人の女子高校生が原因不明の登校拒否に陥った。このまま続けば卒業が危くなる。そんな一進一退が続くなか、入院中だった祖父が亡くなった。彼女は学校には来ないものの、見舞いにはたびたび行っていたらしい。

病床の祖父と孫娘がどんな会話を交わしたのかは知らない。ところが、初七日が明けた頃、学校はまだ夏休みだったのだが、生徒が突然一人で登校してきた。

私は彼女のクラスで日本史を教えていたが、職員室に訪ねて来て、二学期から登校しようと思うので、宜しくお願いしますと言うのだ。しばし話を聞いたが、亡くなった祖父が夢に現れたという。そして、このままでは私は駄目だ、「学校に行く。おじいちゃん、私を守って」と祖父に呼びかけた由である。

祖父に可愛がられて育った彼女は、長欠していたうえに、その祖父まで喪った。悲嘆に暮れながら幾度も祖父の名を呼んだことだろう。祖父は夢に立って彼女に応じた。その翌日、何かに背中を押されるかのように久しぶりに登校して来たわけである。ちなみに、その後は卒業まで遅刻はあったものの、皆勤を通した。

そこに何の不思議もない。こういう事は私達の暮らしの中にいつもいつも生きて働いているのだ。「八百万の神々の、何か恐るべき具体的な姿が、漠然とでも、周囲に現じてゐるといふ事でなければ、神代の生活は始まりはしなかつた」とは、そういう事ではあるまいか。

祖父の肉体は滅びても、その名を呼べば、孫の胸の中に甦って、理由なき登校拒否をもたらしていた得体の知れない魔物を駆逐して守ってくれる。そうとしか説明がつかない世界に私達も生きている。

小林に倣って言えば、現代のさかしらな心理学が、今も辛うじて残っているそうした内的体験から目を反らし、心理学上の因果関係を探し回す。むしろ、病根は矮小化された知見の方にありはしないか。
心眼とは、実生活から離れず、其処に生起する内的体験を見つめるまなざしである。淤母陀琉ノ神様と呼べば、古代人には神の実在感ある姿が見えたであろうし、阿夜訶志古泥ノ神と名づければ、たちどころに畏れ多い実在が心に映じたに違いない。彼らはそのように日々を暮らし、生きるよすがを得ていた。小林はそう確信する。

「阿夜訶志古泥ノ神様が見えてくる」

講演ではこんな風に語った。

……今は公害とか何とか言つてゐるけれども、公害なんか恐るゝに足りません。もつと恐いものは僕らが死ぬことですよ。誰が殺すんですか。神が殺すんです。その神の感覚つてのが無くなつちやつたんでせうが。知識といふのは眠くなるまで一所懸命にやらにやいかんわけでしよ。その眠くなるところに、阿夜訶志古泥ノ神が見えてくるのです。
昔の神代の人達はね、片一方で知識は立派に持つてゐた。でなけりや日常の生活をやつていくことは出来ないですから。しかし、もう一つ大事なものがあつたのです。誰かが僕たちの周りにゐるといふ感覚です。かういふ不思議があるんです。

小林は念を押すように繰り返した。こういう語り方に現代文明への深い懐疑が顔を覗かせている。そもそも自分には疑い深い性質がある、批評家になった元も其処にあると回想して、こう語り終えたのである。

新聞なんて一つだつて信じてゐません。かういふ絶対に信じないといふ、決心はなかなか出来ないですよ。だけどね、この決心だけです、僕を生かしてゐるのは。さういふ疑ひ深い性質を今や僕は誰かに感謝してゐます。

さうしますとね、世の中といふのは、だんだん疑はしくなりましてね、僕はもうみんな謎に見えます。さういふ時に僕は世の中が本当に見えてくるんです。どうしてこの謎に見えた世の中をね、こまつしやくれて解釈しようとするんですか。解釈しようとすれば眠くなるんですよ。中途半端に解釈するから、この世に年中争ひが絶えないんぢやないですか。

だから僕は自分の疑ひを育てますとね、だんだん謎の味はひといふものが深くなつてきます。そこにきつと僕よりも偉い何かが現れてきます。さういふ感覚を僕は今や育ててゐるんです。阿夜訶志古泥ノ神様が見えてくるかも知れません。これは真面目な話です。

阿夜訶志古泥ノ神様が見えてくるかも知れない――あの日あの時、晩秋初冬の延岡で、確かに聞いた此の言葉の響きは今も忘れずにいる。

ベルグソンと本居宣長

ベルグソンによる心身並行論批判

ところで、眠くなるまで学問をやれば何かが訪れるという岡潔の体験、頭で描くのではない、親指が描くのだという画家の画法の秘密、柳田が魅せられた炭焼き小屋の子供の精神、そして、老婆の魂を見た柳田少年の神秘の体験等々、いずれも、長年に及んで小林が関心を抱き続けた、近代哲学上の難題、すなわち心身二元論の問題にヒントを与えるものだった。「信ずることと知ること」でベルグソンを取り上げたのも、これと無縁ではない。

哲学上の心身二元論は厄介なテーマだが、ベルグソンの説くところと本居宣長の思想とのあいだに相通うものを感じ取っていた点には注意を払いたい。

講演では、まず、十七世紀以来発達を遂げた科学という学問の性質について、それは一つの計量できる変化と、もう一つの計量できる変化との間の、コンスタントな関係という事だと述べ、この計算可能な領域を対象とする科学は他の学問に比べて非常なる発達を遂げたと概観した。

しかし、この怪物のごとき科学でさえ手に余る対象があったという。それが人間の「精神」をどう認識するかという難問中の難問だった。「それはさうだらう、精神といふものは計れないだらう。科学は君の悲しみを計算することはできないだらう」と小林はずばり剔抉する。

では、科学はどういう方向を目指したか。精神は「脳」にあるに違いない。従って脳髄の分子の運動を精密に析出出来れば精神は分かるのではないかと仮説を立てる。即ち精神を脳で代用したわけである。所謂「心身並行論」の成立を、小林はこのように簡潔明瞭に指摘してみせた。

そこで、若き日から愛読してきたベルグソンを持ち出して、こう言うのである。

ベルグソンは、長いこと信じられてゐたこの脳と精神との並行関係を、始めから疑はしいものと思つてゐたといふのです。常識で考へて見よ。一体この自然には、無駄といふものがない。ある一つのものが、片方では脳髄の原子の運動に翻訳されて表現される。同じものが片方では意識の言葉となつて表現される。一体自然にとつて、こんな贅沢は許されるだらうか。もし本当に脳髄の運動と、人間の意識の運動、精神の運動が並行してゐるならば、どうして自然はこの二つの表現を必要としたのだらう。それなら、精神なんか要らないんぢやないか。（『日本への回帰第10集』所収「信ずることと知ること」）

心身並行論における心的現象と身体的現象の関係という面倒な哲学問題に不案内であっても、この小林の語るところは、成る程と合点出来よう。それは常識から離れずに説かれているからだ。ベルグソンも小林も「常識で考へてみよ」と繰り返し言う。その常識から見て、この自然が無駄なものを淘汰しないわけはない。言い換えれば、神が瓜二つの存在をこの世に残すものかという確信である。

我々の日常の暮らしを考えてみても分かる事だ。仮に全く同じ人間が存在するとしたら、どうであろう。似て非なるものがあってこそ、補完し合う事が可能なわけで、同一の意識と行動に充ちていれば世界は混沌に陥る。自然はそんな世界は破滅させるだろう。存在するもののそれぞれの一長一短が相互関連をはかって自然は秩序立つ。

マテリアリズムを破る

この問題は、かつて昭和三十六年八月の合宿教室講義「現代思想について」のなかでも言及した事がある。ベルグソンは、記憶は脳の組織の中には存在していない、しかし、何処かには実在すると言う。こういう不思議な言い方をされると、困惑するほかないが、小林は、それは我々が存在というものは空間的なものだと思い込んでいるためだと注意を促す。

たしかに物が存在すると言う時、空間の一角を占めているものと我々は思いがちだ。しかしそれは、単に習慣的な見方に過ぎない。「存在するものは空間を占めなくたってちっとも構わない」、空間的には捉えられない存在も考え得るのだ。それをベルグソンは証明したのだ、と。

そもそも、空間的に存在するものは、そうではない潜在的存在が顕現するのを制限する機能であり、この一点をベルグソンは明らかにした。従って、その潜在する場所が何処にあるのかと問うのは無意味な事だと指摘する。場所は不明でも何処かに存在している、其処が大事なのだと説く。それがベルグソンの偉大な研究成果なのである。

此処に心理学が生まれる背景があった。例えば、無意識という領域が脳組織にあるのなら、それは生理学で充分であろう。無意識心理学が拓かれたのは、心は心で探究するほかないというところからであった。そうしたまったく新たな道を拓いたのがフロイトでありベルグソンである。

本居宣長の連載中にも拘わらず、「信ずることと知ること」で再びベルグソンを取り上げ、連載完結後に新たに筆を執った絶筆「正宗白鳥の作について」のなかで、途中から「筆の赴くがままにフロイトの話になつたのなら、私のやうな心理学者でもない者の心まで捕らへた彼の力について、ここで書きたいと思ふ」と断ってフロイトを取り上げている。あのまま続いていたなら、いずれベルグソンに言及しただろう。

小林はさらに念を押す。すべてを物的なものに還元して已まない学問は、測定可能な物質界のみを扱っているに過ぎない。そうした思想の一つがマテリアリズム、これをベルグソンは「破つた」のだという。言うまでもなく、マテリアリズムの典型は一世を風靡した唯物論だ。

物質が根源であり、精神現象はその反映であると見て、物質の研究で森羅万象が解明出来るとする傲慢な思想をこういう比喩で剔抉してみせたことがある。

漆黒の闇の中で一本のマッチを壁で擦ってみる。すると、マッチの運動と同じように燐光が壁に映える。このように一つの現象が二重になって生ずるが如く、人間の意識とはこの燐光と瓜二つだとマテリアリズムは嘯《うそぶ》く。従って根源はマッチの棒と同じように物質なのだというのが彼らの根拠である。マルクス主義の「存在が意識を決定する」というテーゼも、此処から派生したものだ。

では、なぜ自然にはそんな無駄があるのか。どうして随伴現象と並行した現象の二つが要るのか。マテリアリズムはこの疑問には答え得なかった。

こうした思想が吹き荒れた時代に青年期を生きた小林は、おそらくはベルグソンの愛読によってマテリアリズムの根本的な誤謬を直覚したに違いない。小林がマルクス主義の風潮に負けなかった思想的な背景は、ベルグソンとの直かな付き合いにあったことを想う時、筆者にはこの日仏二人の出会いという、思想劇が胸に迫る。

肉体は滅びても魂は実在する

さて、そうした確信の下、ベルグソンは失語症の研究に着手したのだと小林は語る。これまた、すこぶる面白い内容だった。ベルグソンの失語症の研究の最大の功績は、

「精神と脳髄の運動は並行してゐない」という常識を裏づける発見だったのだという。

印象に焼き付いているのは、記憶が宿っていると考えられていた脳髄の一部が損傷しても、記憶そのものが傷つけられるわけではなく、記憶を思い出す働きが機能しなくなるだけだという説明だった。そのために記憶を失うのであり、記憶自体が消えるのではない。この話には息を呑んだ。この研究は心身並行論を根底から覆す。仮に並行しているなら、記憶自体も失われることになる。しかし、実際はそうはならないのである。

ベルグソンの研究書を引いて小林は、脳髄と記憶は指揮棒とオーケストラの演奏の関係に似ているという。指揮棒は見えても演奏の音は聞こえない。それと同じだというのである。

ベルグソンはこんなふうにも言う。「人間の脳髄は現実世界に対する注意の器官である」と。要するに、脳髄は現実の生活を送る上で必要で便利な記憶情報だけを選んで呼び起こす役割を果たしている。

そういう機能なのだから、万が一損傷したり注意が鈍ったりすると、記憶を失った状態に陥ったり、山から転落する男が子供時代からのすべての歴史を一瞬で見るという極端な事態が起きる。という事は、脳髄の中ではなく、何処かに広大な記憶すなわち歴史が実在しているからにほかならない。これをフロイトは無意識と呼んだのである。

かくて導き出されるものとは何か。これはベルグソンの引用でもなければ解説でもない。小林が自家薬籠中にした思想である。曰く、

もしも、脳髄と人間の精神が並行してゐないならば、僕の脳髄が解体したつて、僕の精神は独立してゐるかも知れないではないか。これは常識で考へられることです。記憶と脳髄の運動といふものは、並行してゐない、お互ひに独立してゐるのです。人間が死ねば魂もなくなると考へる、そのたつた一つの理由は、肉体が滅びるといふ理由しかないではないか。これは充分な理由ではないではないか。

脳髄という肉体の機能の中に記憶がないとするなら、この肉体が滅びたとしても記憶は存在する可能性が示唆される。ベルグソンのように、記憶を魂と呼んでもいいのなら、魂は何処かに実在するという予想はけっして否定し去る事は出来まい。

小林はベルグソンを通じて此処まで到達した。魂が何処に存在するのかは問うても詮無き事、少なくとも何処かに「存在」しているという事実が解明された点こそ驚嘆

されるべきなのだ。

「私は悟った」

小林のベルグソン愛読と、本居宣長執筆に至る過程を世人は怪しむ。日本趣味の現れと見たり、日本回帰の一現象と評する向きもあるが、思想というものがいかなる自問自答を経て成熟するか、そうした道を辿る体験が欠如した者の愚見に過ぎない。

宣長もベルグソンも、この孤独な思想家の内部では、時に師であり、時に友だったのである。彼ら思想の巨人が対象とした研究は異なるように見えて、実は人知を超えた精神世界の探究だった。そう言っていいものが小林という天才を得て甦ったのだ。

本人が宣長の連載を擱筆《かくひつ》した直後に、江藤淳を相手に次のように問わず語りに吐露している。成る程、そうだったのかと、筆者は合点した事がある。重要な発言なので、少し長いが以下に引いておく。

私は若いころから、ベルグソンの影響を大変受けて来た。……あの人の『物質と記憶』という著作は、あの人の本で一番大事で、一番読まれていない本だと言っていいが、その序文の中で、こういう事が言われている。

自分の説くところは、徹底した二元論である。実在論も観念論も学問としては行き過ぎだ、と自分は思う。その点では、自分の哲学は常識の立場に立つと言っていい。常識は、実在論にも観念論にも偏しない、中間の道を歩いている。常識人は、哲学者の論争など知りはしない。観念論や実在論が、存在と現象とを分離する以前の事物を見ているのだ。常識にとっては、対象は対象自体で存在し、而も私達に見えるがままの生き生きとした姿を自身備えている。これはイマージュだが、それ自体で存在するイマージュだとベルグソンは言うのです。……

ところで、この「イマージュ」という言葉を「映像」と現代語に訳しても、どうもしっくりしないのだな。宣長も使っている「かたち」という古い言葉の方が、余程しっくりとするのだな。

『古事記傳』になると、訳はもっと正確になります。性質情状と書いて、「アルカタチ」とかなを振ってある。「物」は「性質情状《アルカタチ》」です。これが「イマージュ」の正訳です。大分前に、ははァ、これだと思った事がある。ベルグソンは、「イマージュ」という言葉で、主観的でもなければ、客観的でもない純粋直接な知覚経験を考えていたのです。……宣長が見た神話の世界も、まさしくそういう「かたち」の知覚の、今日の人々には思いも及ばぬほど深化された体験だったのだ。……私はそう思った。

「古事記傳」には、ベルグソンが行った哲学の革新を思わせるものがあるのですよ。私達を取りかこんでいる物のあるがままの「かたち」を、どこまでも追うという学問の道、ベルグソンの所謂「イマージュ」と一体となる「ヴィジョン」を摑む道は開けているのだ。

……「古事記傳」と、ベルグソンの哲学の革新との間には本質的なアナロジーがあるのを、私は悟った。（江藤淳との対談「『本居宣長』をめぐって」『新潮』昭和五十二年十二月号所収）

イマージュと「性質情状」

「イマージュ」はベルグソン哲学の極めて重要なカギとなる用語だが、それは「存在と現象とを分離する以前の事物」であり、しかも「対象自体で存在し、而も私達に見えるがままの生き生きとした姿」だと思い至っていた小林は、そのイマージュを根底に据えていたからこそ、宣長は神代の物語を明らかにし得たのだと気づく。「……私は悟った」と語る言葉には確信の響きがある。

イマージュと『古事記傳』に刻まれた「性質情状」なる宣長の言葉とのあいだの共

鳴を聞いた時、小林はこの仕事をやってよかったと独り歓びに浸ったことだろう。

『本居宣長』の終盤に差しかかるくだりで、古人の「心ばへ」を宣長がどのように見ていたか、このように書く。

> 古人の素朴な人情、人が持つて生まれて来た「まごころ」と呼んでもいゝとした人情と、有るがまゝの事物との出会ひ、「古事記傳」のもつと慎重で正確な言ひ方で言へば、――「天地はたゞ天地、男女《メヲ》はたゞ男女《メヲ》、水火《ヒミツ》はたゞ水火《ヒミツ》」の、「おの〳〵その性質情状《アルカタチ》」との出会ひ、これが語られるのを聞いてゐれば、宣長には充分だつた。（中略）
>
> 上古の人々の生活は、自然の懐に抱かれて行はれてゐたと言つても、たゞ、子供の自然感情の鋭敏な動きを言ふのではない。さういふ事は二の次であつて、自分等を捕へて離さぬ、輝く太陽にも、青い海にも、高い山にも宿つてゐる力、自分等の意志から、全く独立してゐるとしか思へない、計り知りえぬ威力に向ひ、どういふ態度を取り、どう行動したらいゝか、「その性質情状《アルカタチ》」を見究めようとした大人達の努力に、注目してゐたのである。

もう、これは、ベルグソンの筆ではないかと見紛う趣すらある。それはともかく、近代以降を生きる我々が見失いつつあるのは、この「性質情状」を健全な眼と心で看取していた上古の人々の自然体験なのではないか。

なお言えば、そのイマージュを純粋に知覚した宣長の直覚と想像力を我々も甦らす。そのために私は宣長を書いたのである。ベルグソンについての長期連載「感想」を中途で筆を折ったが悔いはない。宣長の中に生命を繋ぐ事が出来たのだから。そんな肉声が聞こえて来る。

宣長の奥墓と遺言書

突如松阪へ

『新潮』に宣長論を連載することは決まったものの、どこから手をつけたものか迷っていた晩秋の或る日、東京への用事で出掛けるが、急に宣長の墓に参りたくなったらしく、東海道線の列車に乗り換えて松阪を訪ねる。

いかにも小林らしいが、この頃彼は宣長の遺言書のことで頭は一杯だったはずだ。書くなら、この遺言書から始めたい。おそらく漠然としながらも、そうした方向に煮詰まりつつあったと思われる。

しかし、なかなか踏み切れない。悶々とする日が続く。この時だ。うららかな日和のなかで小林の内部に何かが起きる。遺言書を認める宣長の肉声が聞こえたのかも知れない。それよりなにより、宣長を書くのに墓参りもせずに筆をとるのか、それでいいのか。そうした自問が突き上げてきたのではあるまいか。

何れにせよ、足は松阪の小高い山室の奥墓に向いた。勿論、それまでに二度程松阪を訪れたことはあるものの、宣長が異様なほど執着したこの奥墓へは行きそびれた儘《まま》だったそうである。

言うまでもなく、もう一つ、宣長の墓は二つある。一つは菩提寺にある通常の墓だが、人が参りに訪ねて来たら、案内して貰いたいと遺言した墓がある。

参るのなら、この墓を参って欲しいと宣長が願ったのなら、どこから書き始めたらよいかなどという計らいは捨て、宣長の思いを素直に汲もう。言葉で説明すれば、そういう理屈めいたことになるのだが、生者と死者が出会う「墓参り」から、この畢生《ひっせい》の作品は始まったと言ってよい。

宣長の奥墓

ところで、私が宣長の墓参りをしたのは平成十年の秋たけなわの頃である。折しも伊勢の神宮道場で開かれていた中堅神職研修の講師を務めた後、松阪に立ち寄ることにしたのである。

駅からはタクシーでのどかな道を走り、山室の奥墓に向かった。訪ねる人は多いのか、運転士に聞くと、「記念館に来る客は結構いるけど、山上のお墓まで行く人はいませんよ」という話だった。

そんな会話を交わしているうちに山道に入る。少し登ったところでタクシーは停まった。この先は崖崩れが起きているので車は通れないらしく、歩くことにした。

宣長の奥墓は端正なたたずまいを見せ、周囲には背の高い山桜をはじめ杉や檜などの木々が立ち並ぶ。お参りをすませ、あたりを散策すると、展望が開け伊勢湾が見える。

小林は此処に立ち、執筆の覚悟が決まる。ならば、宣長が人生の幕引きを書き遺した遺言書から始めることにしよう。いや、奥墓の印象を綴っているうちに、筆は自ずと遺言書に導かれたと言うべきか。

そんなことを思っていると、柳田國男の『先祖の話』の一節が浮かんだ。先祖の魂は小高い山の上から子孫を見守り、正月や盆には家に戻る。春を迎えると田の神となって里に下り、秋には山の神となる。これが日本人の信仰だったと柳田は説く。

この説を信じるならば、宣長が菩提寺以外に山頂近くの場所を望んだのも頷ける。山と言っても人里から隔絶するような高さではない。日常的に行き来できる里山である。宣長は遺言書にこう書いている。「他所他国之人、我等墓を尋候はば、妙楽寺を教遣可申候」。妙楽寺とは宣長の墓近くの山中に建つ寺のことである。

突如思い立ってやって来た小林はどんな印象を抱いたか、以下に挙げておこう。

苔むした石段が尽き、妙楽寺は、無住と言つたやうな姿で、山の中に鎮りかへつてゐた。そこから、山径を、数町登る。山頂近く、杉や檜の木立を透かし、脚下に伊勢海が光り、遥かに三河尾張の山々がかすむ所に、方形の石垣をめぐらした塚があり、塚の上には山桜が植ゑられ、前には「本居宣長之奥墓」ときざまれた石碑が立つてゐる。簡明、清潔で、美しい。(『本居宣長』)

遺言書

宣長の死に支度が用意周到を極めたのは周知の通りである。遺言書には葬式の段取りから墓所の一々まで厳密に指示しているのだが、小林はこれに強い関心を惹かれる。ただならぬ書き物と見たのである。

曰く、「これは、ただ彼の人柄を知る上の好資料であるに止まらず、彼の思想の結実であり、敢て最後の述作と言ひたい趣のものと考へる」と。

その一端が墓と山桜の細々とした指示によく現れていると小林は感じ取った。このように所感を綴る。

この独創的な墓の設計は、遺言書に、図解により、細かに指定されてゐる。「本居宣長之奥墓」は自筆で、草稿は、鈴屋遺蹟で見られるが、遺言書の墓碑の図解には、「本居宣長之奥墓」と書かれ、下に、「石碑ノ裏並脇へは、何事も書申間敷候」とある。「右石碑之頭は如レ図、⌂ケ様に可レ致候、碑高サ四尺計、台は此外也、横並厚サ、台石等、見合せたるべし、尤台壱重也、石碑之前に花筒など立候事、無用に候」と断つてゐる。それから、「惣地取リ七尺四方之堺にも、延石を伏せ」たいと思ふが、これは材料代が高くつくだらうから、追つての事に致せ、当分の間は、「丸石に而も、ひろひ集メ、並べ置可レ申候」とある。今日見る桜花を彫つた石垣などは、彼にしてみれば、無用のものだつたであらう。葬式は、諸事「麁相に」とくり返し言つてゐるが、大好きな桜の木は、さうはいかなかつた。これだけは一流の品を註文してゐるのが面白い。塚の上には芝を伏せ、随分固く致し、折々見廻つて、崩れを直せ、「植候桜は、山桜之随分花之宜キ木を致二吟味一、植可レ申候、勿論、後々もし枯候はば、植替可レ申候」。それでは足りなかつたとみえて、花ざかりの桜の木が描かれてゐる。遺言書を書きながら、知らず識らず、彼は随筆を書く様子である。

石碑の裏や脇には何も書くな、花筒なども無用と念を押す遺言は、いかにも宣長らしい言いぶりである。墓石の形はまるで違うが、その風情は鎌倉の東慶寺にある小林の墓に通うものがある。そこには、虚飾や主張もなければ、俗事への迎合もない。

山桜の図をめぐって

遺言書を読んで小林の感興を惹いたのは、葬式などは「麁末（粗末）に」「麁相（粗相）に」と念を押しながら、墓の傍らに植える山桜だけは一流を所望した点だ。
宣長がしんから山桜を愛したことはつとに知られている。先年の春のこと、吉野の山桜を観るべく出掛けた折、花の盛りを迎えると、松阪からはるばる吉野を訪ねて山桜を堪能したという宣長の足跡が残されていた。まるで恋人に会いに行くかのように。

ところで、宣長はこの桜については注意深く指示した上で、どんな桜の木がいいのか、図まで描いて示している。その図をかつて見たことがある小林は「花ざかりの桜の木」だったと記憶していた。そこで印刷製本の間際になって本に載せたいと言い出す。

このときに起きた、いかにも小林らしい挿話を『本居宣長』の編集担当だった池田雅延氏が、連載「随筆　小林秀雄」（四十八回）の「本居宣長の桜」のなかで紹介されている。

依頼を受けた池田氏は、戦後刊行の筑摩書房版『本居宣長全集』に載せられている絵のコピーを持参して確認してもらったところ、小林が所持する戦前の吉川弘文館版全集のものとは違っていたらしいのである。

小林が知っている絵は満開の花がついているのだが、池田氏が調査してみると、桜の枝先に墨で点々が打たれた、葉桜のような筑摩書房版の方が本物と判明した。そうすると、『本居宣長』では「花ざかりの桜」と書いているのだから、修正せざるを得ない可能性が出てきたわけである。

小林はこの葉桜としか見えない本物のコピーとひと晩過ごし、翌日出直した池田氏に向かって、この絵の点々は桜の花を描いたものだ、間違いない。そう言い切ったという。この一枚のコピーを前に、一晩中宣長の心に寄り添ってはじめて得られた確信であったろう。なお、池田氏の随筆はウェブ上に公開されているので、詳細についてはそちらで読まれたい。

荘川桜の接ぎ木

小林の確信を私は支持する。それには相応の理由がないこともない。宣長が描いたこの図と瓜二つの若木の桜が我が家の庭に植わっている。

これは五年前、岐阜の実業家から頂いた、樹齢五百年と推定される荘川桜《しょうかわざくら》の接ぎ木である。贈られた苗木は二本だったが、一本は移送中に中央部分が折れていた。

そこで応急の処置を施し、折れていた方を我が家の庭、もう一本を太宰府天満宮にお願いして境内の一隅に植樹した。我が家の方の苗木は駄目だろうと思っていたが、家内が毎日世話を続けたところ、何とか活着に成功した。

翌年の四月上旬、一輪の花をつける迄に恢復し、以後、背丈をのばし、枝を張り、元気に成長を続けているが、その花をつけた姿が宣長の絵に実によく似ているのである。

だから、あんなふうな描き方をしても、けっしておかしくはない。我が家の荘川桜二世を見慣れている眼からすれば、宣長の筆になる枝々には花は咲いているように見える。眼を細めて見るといい。真っ盛りの風情が感じられるに違いない。

宣長の遺書との濃密な一晩の体験、ここに小林の批評の極意がある。宣長の身になって遺言書の図を凝視する。こうして一件落着し、『本居宣長』は刊行に漕ぎつけたのである。

正直な死生観

小林のように、宣長の遺言書を「随筆」と呼んでみたり、「最後の述作」などと評した研究者はいない。自分の葬式や墓を指定しながら、その書きぶりは自在で、こうした遺言書にありがちな硬直さは少しもない。

文面には己の死を見つめる宣長という人の眼差しが感じられる。それは、冷静な態度というより、死に勝った人の覚醒した意識と言った方が近い。そこに小林は限りない魅力を覚えたのである。

そもそも小林は、傑出した人の死に方に関心を持っていた。例えば、国学者契沖は『勢語臆断』のなかで在原業平が詠んだ辞世「つひに行く道とはかねてききしかど昨日今日とはおもはざりしを」を評して、こう述べている。

これ人のまことの心にて、教へにも善き歌なり、後々の人は、死なんとするきはに到りて、ことごとしき歌を詠み、あるいは道をさとれるよしなど詠める、まことしからずしていと憎し。ただなる時こそ、狂言綺語もまじへめ、いまはとあらん時にだに、心の誠にけへれかし。此朝臣は、一生のまこと、此歌にあらはれ、後の人は、一生の偽りをあらはして、死ぬるなり。

掻い摘んで言えば、人は死期を迎えると、とかく事々しい歌や悟りに到達したかのような辞世を作りがちだ。その点、業平の辞世は偽りのない誠の心がうたわれていて立派である。契沖はそう評したが、これを読んだ宣長は「玉かつま」で取り上げ、契沖の見識を「法師の言葉にも似ず、いといと尊し、大和魂なる人は、法師ながら、かくこそ有けれ」と称えている。

契沖は僧侶でもあったので、「法師」とはその彼を指すのだが、説教好きな法師らしくもなく、なんと健全で正直な評言であろうか。大和魂を持った人とは、こういう偽りのない真実の心を解する人だ。――これが契沖に感服した宣長の感受性だ。

小林はこうした、血の通った死生観に関心を払い続けることをけっして惜しみはしなかった。

第十章　神々の世界

『古事記傳』を読む　上

まずは以下に、武田祐吉校訂による『古事記』の神代一之巻を引く。

「神世七代」

天地（あめつち）の初発（はじめ）の時、高天（たかま）の原に成りませる神の名（みな）は、天（あめ）の御中主（みなかぬし）の神。次に高御産巣日（たかみむすひ）の神。次に神産巣日（かむむすひ）の神。この三柱（みはしら）の神は、みな独神（ひとりがみ）に成りまして、身（み）を隠したまひき。

次に国稚（わか）く、浮かべる脂（あぶら）の如くして水母（くらげ）なす漂（ただよ）へる時に、葦牙（あしかび）のごと萠（も）え騰（あが）る物に因りて成りませる神の名は、宇摩志阿斯訶備比古遅（うましあしかびひこぢ）の神。次に天（あめ）の常立（とこたち）の神。この二柱（ふたはしら）の神もみな独神に成りまして、身を隠したまひき。

上の件（くだり）、五柱の神は別（こと）天（あま）つ神。
次に成りませる神の名は、國の常立（とこたち）の神。次に豊雲野（とよくもの）の神。この二柱の神も、独神に成りまして、身を隠したまひき。次に成りませる神の名は、宇比地邇（うひぢに）の神。次に妹須比智邇（いもすひぢに）の神。次に角杙（つのぐひ）の神。次に妹活杙（いもいくぐひ）の神。次に意富斗能地（おほとのぢ）の神。次に妹大斗乃弁（いもおほとのべ）の神。次に淤母陀琉（おもだる）の神。次に妹（いも）阿夜訶志古泥（あやかしこね）の神。次に伊耶那岐（いざなぎ）の神。次に妹（いも）伊耶那美（いざなき）の神。

上の件（くだり）、国の常立の神より下（しも）、伊耶那美の神より前（さき）を、并はせて神世（かみよ）七代（ななよ）と称（まお）す。

所謂「天地の初發の時」に関する有名なくだりだが、次々と現れる神の名を伝えるだけで、その特徴も事績も一切が不明だ。伊耶那岐、伊耶那美に至って、あの国生みの壮大な事業をやり遂げる神だと分かる。それは、この記述の後に、この二柱の神による「国生み」の話が続くからである。しかしほかの神については、どうにもイメージがしにくい。したがって、その名の書きざま、文字遣いから想像を働かすほかに手はない。本居宣長もそうした態度で神の名を読み解いてゆく。

訓詁の学と歌詠みの修行

宣長は、「神」について、このように述べている。

> 迦微（かみ）と申す名義（なのこころ）は未だ思ひ得ず（旧く説ることども皆あたらず）。さて凡て迦微とは、古御典（いにしえのみふみ）等に見えたる天地の諸（もろもろ）の神たちを始めて、其を祀（まつ）れる社に坐す御霊（みたま）をも申し、又人はさらにも云はず、鳥獣木草のたぐひ海山など、其余何にまれ、尋常ならずすぐれたる徳のありて、可畏（かしこ）き物を迦微とは云なり。（『古事記傳』三之巻）

以下、要約。「神」の意味するところはしかとは分からないが、我が国では古典に記された神々は言うに及ばず、神社に祀られる御霊、人、鳥獣、一木一草の類い、或いは海山など、立派で畏れ多い存在であれば「神」と呼んで崇めた。――この説明は、簡潔ながら、我が国の神についての宣長の総括的知見と言ってよい。

これは支那やキリスト教の神とはまるで異なる。今日、「神」という語で一括するから誤解が生じる。たとえば、キリスト教の神はGodと言って、宇宙万物を創造した、オールマイティの単数の神を指す。ところが、日本人の神は違う。島や山が御神体だったり、世の中に貢献した人が死後に神として祀られたり、泉や草葉の陰に神が宿ることもある。だから、我々日本人は風が運んでくる大自然の匂いや、目に映る光と影の陰影に神の実在を感じ取った。そうした古代日本人の経験は、『万葉集』収載の古歌に数多く読まれている。

さて、以上の宣長の文章を小林はどう読んだか。実はそこに彼の批評精神が流露していて面白い。――「迦微と申す名ノ義は未ダ思ヒ得ず、(旧く説ることども皆あたらず)」という物の言い方の裏側に何が窺えるか注意を促す。そこには世の中の訓詁《くんこ》学者へのたいへん強い不満があったのだという。

勿論宣長も長年訓詁に励んできた。しかし一方で彼は、若い頃から歌人に倣って折々に歌を詠むようになる。そうするうちに、言語の本質に関わることなら、「外部からは伺へぬ言語の機微を、内から捕へてゐる歌人」に学ぶにしくはないと思い至る。以下、小林の批評精神の動くところを味わって頂きたい。

「言葉とは私だ」

それ（外部からは伺へぬ言語の機微）は歌をよむ喜びに他ならず、この解り切つた心の動きに、特に注意するといふ事もないわけだ。が、少し反省してみるなら、この場合、自分は、或る意図なり意味なりを伝へる単なる道具として、言葉を扱つてゐるのではないといふ、それくらゐの事は、すぐ解つて来る筈だ。喜びは、言つてみれば、言葉とは私だ、と断言出来る喜びだ。言葉の表現力を信頼し、これに全身を托して、疑はない、その喜びである。語義の詮索に苦労する学者を否む理由は、勿論、歌人にありはしないが、歌人が非常な興味を以て行つてゐるところは、いづれは、辞書の裡に閉ぢ込められて了ふ語義を、生活に向つて解放する事だ。語は、歌はれ語られる事により、歌人の心に染められ、その義《ココロ》を新たにして、生き還り、生き続ける事が出来るのである。

宣長には、迦微《カミ》といふ名の、所謂本義など、思ひ得ても得なくても、大した事ではなかつたのだが、どうしても見定めなければならなかつたのは、迦微といふ名が、どういふ風に、人々の口にのぼり、どんな具合に、語り合はれて、人々が共有する国語の組織のうちで生きてゐたか、その言はば現場なのであつた。「人は皆神なりし故に、神代とは云」ふその神代から、何時の間にか、人の代に及ぶ、神の名の使はれ方を、忠実に辿つて行くと、人のみならず、鳥も獣も、草も木も、海も山も、神と命名されるところ、ことごとくが、神の姿を現じてゐた事が、確かめられたのである。上は産巣日神から、下は狐のたぐひに至るまで、善きも悪しきも、貴きも賤しきも、強きも弱きも、驚くほど多種多様な神々が現れてゐたわけだ。では、この八百万《ヤホヨロヅ》の神々に共通な、神たる特質とは何か。「何《ナニ》にまれ、尋常《ヨノツネ》ならずすぐれたる徳《コト》のありて、可畏《カシコ》き物を迦微《カミ》とは云なり」と宣長は答へる。（『本居宣長』）

「可畏き物を迦微とは云なり」

歌人は何をしているのか。小林は言う、「いづれは、辞書の裡に閉ぢ込められて了ふ語義を、生活に向つて解放する事だ」と。辞書のなかに閉じ込める作業は訓詁に励む学者の役目、「語義を、生活に向つて解放する」のは歌人の仕事、言ってみればそういう事だろう。

深い感動体験を詠もうとしてふさわしい言葉を模索する。よい言葉が見つかったと思っても、翌日になればどうもしっくりこない。意味は通じても他の言葉から嫌われているようなおさまりの悪さである。

言葉はなるほど生きている。語義が明らかになったところで言葉に生命は宿らない。人々の暮らしの中で口にのぼり、語り合い、歌に詠み交わす。そうした言語生活がたしかにあって、言葉というものは生き返ったり淘汰されたりするものなのだ。

では、八百万の神々に共通する特質とは何かと問われて、宣長は「何にまれ、尋常ならずすぐれたる徳のありて、可畏き物を迦微とは云なり」と述べたという。神の意味としては、これ以上でもこれ以下でもない。この程度の簡素な説明で充分だ。それより大事な事は、言葉の使われ方だ。『古事記』の文章をそうした態度を崩さずに忠実に辿っていけば、神々の姿形が見えてくるかも知れない。宣長も小林も、そう確信していたに違いなかろう。

しかしそのためには、言葉及び言葉遣いのプロフェッショナルである歌人のような、言語体験が不可欠なのだが、宣長は十八歳の頃から歌道に親しむようになり、半世紀以上に亘って続けた。こうして、日々励んだ歌詠みの修行が訓詁を超える想像力と直感力を宣長に与えたと言ってよい。

私事に亘って恐縮だが、実は私は縁あって学生時代を通じて歌を詠み、批評し合う歌会に参加したことがある。今はもう参加することはなくなったものの、時々は腰折れ歌を詠む。その経験から言えるのは、言葉は単なる符丁でもなければ、自在に操れる小道具でもないという事だ。

現代の学術は文理双方とも細分化することで発達を遂げている。日本学術振興会の

「科学研究費助成事業」に応募する際に利用する「審査区分表」と呼ばれる、五十頁程度の冊子があるが、研究テーマが大・中・小に分類され網羅されている。これを一瞥《いちべつ》するだけでも細分化の現実を目の当たりにするのではないか。人文の学などでは細分化が進むにつれ、言葉は次第に記号の如く扱われ、解体されてコンピュータ上に整理・保存される。そうすれば使い勝手は格段に上がる。実に便利だから後退することはあり得ない。

これはいつの時代でも言える事だ。しかしそうした現実とは別に、言葉の表現力を信じ、歌を詠む世界を築き上げ、言葉を至上のものとして尊重したのが宣長の真骨頂であると小林は見た。だから、彼の学問は訓詁の学に跼蹐《きょくせき》せず、古事記の復元という大業へ導く役割を果たしたのである。

心眼に映る神の姿

では、冒頭に見たように、神の名を列挙するだけの文章を宣長はどう読んだか、宇摩志阿斯訶備比古遅神（うましあしかびひこぢのかみ）を例に挙げてみよう。解説は仔細に亘るので、所々省略して示すことをお断りしておきたい。

まず「うまし」という言葉は、「あしかび」にだけでなく全体に係る言葉で、心にも目にも、耳にも口にも、素晴らしいことを賞めるには「うまし」と言ったのである。今では食物の味の良さだけに用いるが、昔は違った。日本書紀に「可怜小汀（うましオバマ）」や「可怜美路（うましミチ）」「可怜国（うましクニ）」などの用例がある。人の美称としてもしばしば用いられた。『万葉集』の巻三には「吉野の人味稲（うましね）」の名が見え、『懐風藻』では「美稲」と表記が変わる。つまり、「宇摩志」が「味」となり、「美」という文字でも遣われるようになる。要するに、生活感覚に即応する表記へと変化する。そういう緩やかな変化の道を辿った当時の言語感覚の豊かさは、我々現代人の想像を遥かに超えるものがあろう。

次いで、「阿斯訶備（葦牙）」について――「葦」は『和名抄』などでは和名は「あし」とあり、「葦牙」は「あしかび」と読む。「び」を清音に読むのはよいとは言えず、また「か」を「が」と濁るのも駄目だ。「牙」の字は「芽」に通じる。葦の初生の様子を「角具牟（つのぐむ）」と言ったり、「あしづの」と言うこともある。

宣長は「如」の字について面白い解釈をする。このとき登場する神の形が、葦の芽に似ていたからこの字を用いたのであって、葦が生長する様子が似ていたというだけではないという事だ。だから、神の名にも葦牙が入っているのだと述べる。しかしこれは何とも不思議な解釈だ。宇摩志阿斯訶備比古遅神の姿形はどこにも書かれていないのである。にも拘わらず、この神の姿が現れているかのような説明がなぜ可能なのか。その矛盾を解くとすれば、答えはただ一つ、宣長には宇摩志阿斯訶備比古遅神の姿がはっきりと見えていたからというほかはない。

このように、宣長は様々な文献を博捜し、誤魔化さず精緻に読み解いてゆく。こんなふうに書いていると、思い出すことがある。大学時代、有志学生五名ほどで福岡市東区の筥崎宮から二階建ての一軒家をお借りして共同生活が営まれていた。その寮名を「葦牙寮」と言った。言う迄もなく、前述の『古事記』の一節から採ったものだが、宇摩志阿斯訶備比古遅神と言えば、私にとってはあの懐かしい寮生活と重なる。第五代寮長を務めた。地下鉄工事のため取り壊されたが、今は境内に寮の記念碑が建っている。

余計な話になったが、ここで、もう一度、小林の文章を引いておきたい。そこには些かも色褪せぬ批評家魂が顔を覗かせているからだ。

「古事記」の「神代《カミヨノ》一《ハジメノ》之巻《マキ》」は、神の名しか伝へてゐない。「古事記」の筆者が、それで充分としたのは、神の名は、神代の人々の命名といふ行為を現してゐる点で、間違ひのない神代の事跡だからだ。さういふ事に、人々が全く鈍感になつて了つたのは、後世発達した、「さかしだちて物を説く」傾向による、と宣長は考へた。「さかしだちて物を説く」人は、「物のことわりあるべきすべ」を説くので、実は、決して物を説かない。物を避け、ひたすら物と物との関係を目指す。（同前）

『古事記傳』を読む　下

淤母陀琉神

神の名前で興味深いのは、淤母陀琉神である。日本書紀には「面足（おもだる）尊」と表記される。この神の命名について、宣長はまず万葉集の用例を引く。例えば巻二に、「天地（あめつち）、日月與共（ひつきトトモニ）、満将行（たりユカン）、神乃御面跡（かみのミオモト）云々」、さらに巻九にも「望月之（もちづきの）、満有面輪ニ（たれるオモワニ）云々」という歌がある。

この二首の歌に出てくる「満」の字をどう読むかについては江戸期も誤用が多いらしい。宣長は、自分としては賀茂真淵先生が「冠辞考」のなかで、面足の神の名を引いて、「たり」や「たれる」と読んでいる。私もこれが正しい読み方だと思う。そう言う。

したがって、面（おも）の足（たる）というのは、不足なく整っている姿を指す。勿論、面だけでなく、その他すべてが満足されている意味と考えてよい。

ただここで、宣長が注意を喚起するのは、真淵先生の神名の読み方である。先生は「おもだるのかみ」とは読まずに、「おもだるかみ」と読む。前者は体言（名詞）から神に続き、後者は用言（動詞）から続く。この違いを先生は意識して使い分けている。

面足についても、「おもだり」であれば体言になるので「オモダリの神」と読むはずだが、「おもだる」なので用言であり、「の」を入れないのが古来からの定法。例えば、岩拆（いわさく）神、根拆（ねさく）神、奥疎（おきざかる）神、邊疎（へざかる）神なども、この決まりに則った例であると言われるが果たしてそうなのか。

宣長は考える。どうもそうではなさそうだ。たしかに「おもだる」は用言であり、用言ならば「の」と受けない。しかし、神名や人名というのは一般の言葉とは違う。そうであれば、たとえ用言であっても「…の神」と読むべきではなかろうか。つまり、用言であっても名前になったとき、すでに体言化しているからだ。

「おもだる」が名前であり、「神」の字はその名前に添えるのだから、「…の神」と読むのが正しいと思えてくる。これは「荒ぶる神」とか「天降る神」という用例などとは異なり、神の固有名詞なのである。「天照大御神」も「アマテラスの」とは言わない。「アマテラス」というのは名前ではないので、この場合は参考にはならない。

　宣長は、固有名称の場合には用言でも「…の」と読む例として、孝元天皇の御名である「日子國玖琉命（ヒコクニクルのミコト）」を挙げている。「玖琉」は書紀を見ると、「牽」と表記されているから用言に違いないが、だからといって、「の」をつけずに読むのは無理であろう。——以上、宣長が解き明かした「淤母陀琉神」に関する考察である。

「阿夜訶志古泥神」

　淤母陀琉神に続く「阿夜訶志古泥神」について。この神も我々が『古事記』を読むときに素通りしてしまいがちだ。これも宣長の研究成果を祖述してみよう。

「阿夜（あや）」は「あゝ」と驚嘆している声である。一般に、「あや」「あはれ」「はや」などの語も同じで、もともと「嘆き」の声を指す。

　今では「嘆き」という言葉は悲しみにのみ用いられるが、上古においては違った。「なげき」は「長息（ながいき）」から転じたもので、人は深く心に感じる物があれば、長い息をつく。これが「なげき」なのだ。

さらに、「あや」に続く語は嘆きの対象である。例えば、「あやに畏（かしこ）し」の場合であれば、畏れおおい存在に対して「あや」と賛嘆しているわけだ。「あやに恋し」「あやに悲し」なども同様だ。

「かしこ」は古書では「畏可」「恐」「懼」「惶」などの字を当てていて、「かしこし」「かしこき」と活用する。したがって、「おそれる」という意味だけでなく「賢さ」にも通じているという。

よく「あやにカシコシ」と言うが、この場合、賛嘆の意はさほど強くはないものの、賢さに触れて、直ちに嘆いているのであるから切実感がある。

「泥（ね）」は男女双方に用いる尊称で、「兄（え）」も男女に使う。ただ注意すべきは、同じ「兄」の字であっても、「せ」と読めば男の場合に限る。何とも微妙ではあるが、正しく使い分けなければならないのだと、手厳しい。

こうして、緻密な考証はさらに続く。「泥（ね）」について、「那泥（なね）」「伊呂泥（いろね）」の語を取り上げる。「宿禰（すくね）」の「ね」も同じで、天津日子根命など「…根」と呼ぶ名が多いが、宣長によればこれも同じ用例と見てよいようだ。

さて、そこで、この「阿夜訶志古泥神」の名前は、淤母陀琉神が何の不足もなく満ち足りているのを見て、おそれ敬ったという意味と解すべきだという。

書紀には「惶根尊（かしこね）」「吾屋惶根尊（アヤかしこね）」「吾忌橿城尊（あゆカシキ）」とあり、「あゆ」は「あや」と音が通い、「かしき」も「かしこ」に通う。また「青橿城根（あおかしきね）尊」の名前も見えているが、この「あお」も「あや」に通うものと考えてよいというわけだ。

豊雲野神《とよくものの》から訶志古泥《あやかしこね》神まで、九柱の神名は、国の初めと神の初めの様子を、それぞれ段階的に示していて、豊雲野《とよくもの》、宇比地邇《うひぢに》—須比智邇《すひぢに》、意富斗能地《おほとのぢ》—大斗乃辨《おほとのべ》の神々は「国土」の始まり、角杙《つのぐひ》—活杙《いくぐひ》、淤母陀琉《おもだる》—訶志古泥《かしこね》の各神は「神」の初めである。

しかし、神の生成がその名の通りだったと言うのではない。詳細な形状を述べるのでなく、適当にふさわしい名を割り当てた。だから、列挙されている神名をその時の様子を示したものと即断するなと注意を喚起する。

このことをわきまえていなければ、疑いだけが強くなると宣長は言う。実は、神は初めの天御中主から、いずれの神も姿は満足していたわけで、面足神に至って初めてその姿が満ち足りたなどということはない。また国土も、伊邪那岐、伊邪那美神による国生みの段階に至っても、なお「浮き脂」のように漂っていたのを考えて理解すべきである。

では、そうであるなら、須比智邇の次には意富斗能地、活杙の次には淤母陀琉と続くはずだが、そうではなく国土の初めと神の初めが交互に述べられているのはなぜかと言うと、まだ国土が生まれる前に、国之常立神から次々に神が生まれたために、意富斗能地の前の神の名を角杙、活杙と名付け、顔貌の美しく不足がないのを見て畏まったのは、すでに国土が成立し、人間も出現していた時点でのことなので、大斗乃辨の後に淤母陀琉、訶志古泥の名を付けたのであろう。宣長はそう推測する。

「神剣」「神亀」

小林は、宣長が神という字について論じている所に、彼の考えがよく出ているから、直かに当ってみることを勧めて、該当の原文を引く。

迦微《カミ》に神ノ字をあてたる、よくあたれり、但し迦微《カミ》と云は体言なれば、たゞに其物を指シて云のみにして、其事其徳などをさして云ことは無きを、漢国《カラクニ》にて神とは、物をさして云のみならず、其事其徳などをさしても云て、体にも用にも用ひたり、たとへば彼ノ国書《クニブミ》に神道と云るは、測《ハカ》りがたくあやしき道と云ことにて、其道のさまをさして神とは云るにて、道の外に神と云フ物あるには非ず、然るを皇国にて迦《カ》微之道《ミノミチ》と云へば、神の始めたまひ行ひたまふ道、と云ことにこそあれ、其道のさまを迦微と云ことはなし、もし迦微なる道といはば、漢国の意の如くなるべけれど、其《ソレ》もなほ直《タダ》に其道をさして云にこそなれ、其ノさまを云にはならず、書紀に神剣神亀などある神ノ字も、漢文の意に其徳をさして云るにて、あやしきたちあやしきかめと云ことなれば、迦微とは訓ムべからず、もしカミタチカミガメなどよむときは、たゞに剣をさし亀をさして、迦微と名《ナツ》くるになるなり、凡て皇国言《ミクニゴト》の意と漢字の義と、全くは合ヒがたきも多かるを、かたへに合ハざる処あるをも、大方の合へるを取て、当《アテ》たるものなれば、その合ハざる所のあることを、よく心得分クべきなり、又漢籍《カラブミ》に、陰陽不《ル》ㇾ測《ラレ》之謂《ヲ》ㇾ神《ト》、あるは気之《ノ》伸《タル》者為《ヲ》ㇾ神《ト》、屈《マル》者為《ヲ》ㇾ鬼《ト》、など云るたぐひを以て、迦微を思ふべからず、かくさまにさかしだちて物を説《ト》くは、かの国人の癖《クセ》なりかし。（古事記傳、三之巻）

徹底した漢文体で書かれた『日本書紀』であるから、「神剣」はあくまでも中国風に「シンケン」と読まねばならず、「カミタチ」ではない。「シン」であれば神の字義も「あやしき」という形容詞のようなものになろう。

そこまで仔細に見なくてもよさそうに思うのだが、小林は、

> 言葉の使ひ方とは、心の働かせ方に他ならず、言葉の微妙な使ひ方に迂闊でゐる者は、人の心ばへといふものについて、そもそも無智でゐる者なのだ。

と、筆法鋭く容赦ない。

安万侶朝臣も、感じていたように、上古の人々によって語られていた「迦微」には、神の字を当てた後世の人の智慧とは、全く相違した「言意並朴」なるものがあったという。「言意並朴」とは複雑化する前の言葉の素朴な性質を指すのだが、迦微という言葉が体言としてしか、使われていなかったところに、はっきり現れている、と宣長は解した。古代の人々が、それを意識していたと言うのではない。又、人々は、迦微と言う時、「たゞに其物を指シて云のみにして、其事其徳などをさして云ことは無きを」と言うけれども、だからと言って、迦微の徳について、彼等は無智であったわけではない。

それよりも先ず、身近な周囲の物との出会いがなくて、生活の切っ掛けは掴めはしない。これは、古代人の迦微に関する経験にしても同じ事で、八百万の神々の、畏怖

すべき具体的な姿が、目に映り、気配を肌に感じることがなければ、おそらく神代の生活は始まりはしなかったと見るのが、小林の神話観である。

生きた思想

こうして小林は核心に迫る。読者のために二箇所引いておく。

その神々の姿との出会ひ、その印象なり感触なりを、意識化して、確かめるといふ事は、誰にとつても、八百万の神々に命名するといふ事に他ならなかつたであらう。「迦微と云は体言なれば」と宣長が言ふ時、彼が考へてゐたのは、実は、その事であつた。彼等は、何故迦微を体言にしか使はなかつたか。体言であれば、事は足りたからである。「直《タダ》に神其ノ物を指《シ》て」産巣日神と呼べば、其ノ物に宿つてゐる「生《ム》す」といふ活《ハタラ》きは、おのづから眼に映じて来たし、例へば、伊邪那岐神、伊邪那美神と名付ければ、その「誘《イザナ》ふ」といふ徳が、又、天照大御神と名付ければ、その「天照す」徳が露はになるといふ事で、「言意並《ニ》朴」なる『迦微』と共にあれば、それで何が不足だつたらう。

○

迦微をどう名付けるかが即ち迦微をどう発想するかであつた、さういふ場所に生きてゐた彼等に、迦微といふ出来上つた詞の外に在つて、これを眺めて、その体言用言の別を言ふやうな分別が、浮びやうもなかつた。言つてみれば、やがて体言用言に分流する源流の中にゐる感情が、彼等の心ばえを領してゐた。神々の名こそ、上古の人々には、一番大事な、親しい、生きた思想だつたといふ確信なくして、あの「古事記傳」に見られる、神名についての、「誦声《ヨムコヱ》の上り下り」にまで及ぶ綿密な吟味が行はれた筈はないのである。

独特の名前文化

ここで余談を一つ。それは古代日本人の名前に対する感受性についてである。豊田国夫『日本人の言霊思想』（講談社学術文庫）「万葉人の言霊の歌」によれば、

万葉人はものの名についても、単に符号という以上に名と実体とが一つのものであると思っていたようである。そして、たとえば実名を他人に知られることは、当人の生命が薄れるとか、呼ばれれば呼んだ人の許に行かねばならないし、名に呪詛を加えられると呪われて傷つくとまで信じていたという。

こうして、すべて実名は極秘にされた。しかし、男性の生活ではどうしても名による自己表示が必要であるから、実名を秘して俗名の生活をしたらしい。男女の関係においては、双方で名のりあい、母親にさえも相手の名を秘匿したようである。

そういうしだいだから、女性の場合、実名は平安朝の後期になっても記録さえされていない。いかにそのタブーの習俗が強かったかのあかしである。名実一体・言事融即の思想の名残りというものであろう。

折口信夫によれば、源氏物語に登場するあまたの女房の名前はすべて渾名だという。みだりに明かさなかった。それが当時の文化であり慣習だった。おそらく実名を知っていたのは実母と夫ぐらいだったようだ。——神名であれ人名であれ、日本人の名前に対する感覚は実に独特である。

あとがき

本書は、日本青年協議会のオピニオン誌に長く連載した「小林秀雄ノート」をもとに、新たに手を加えて編集したものである。

なお、私は学生時代から、歴史的仮名遣いを国語国字の正統と見る者だが、このたびは編集部の意向を汲んで現代仮名遣いに改めたこと、一言お断りしておく。

出版に当たっては、致知出版社の藤尾秀昭代表取締役社長の御高配、並びに編集部のお世話を頂いた。また、眼疾の私に代わって校正を引き受けてくれたのは、友人の西山八郎、藤寛明、黒岩真一の三氏である。

これらの御縁のある方々のお陰で本書は上梓に漕ぎ着けた。この場を借りて、関係各位に厚く御礼申し上げる。

もうひとつ。長期入院中の私は、目下の感染症対策のため身内の面会も許されず、最終調整が一時滞ったものの、妻や子供たちが様々な手段を講じて助けてくれた。

私事で恐縮ながら、ここに親愛なる我が家族に感謝を込めて本書を献じたいと思う。

令和四年四月十日

著者

〈著者略歴〉

占部賢志（うらべ・けんし）

昭和25年福岡県生まれ。九州大学大学院博士後期課程単位取得退学。福岡県の高校教諭を経て中村学園大学教授、現在は同大学客員教授。その傍ら、NPO法人アジア太平洋こども会議・イン福岡の客員講師などを務める。著書に、『語り継ぎたい美しい日本人の物語』（致知出版社）、『私の日本史教室』（明成社）、『歴史の「いのち」』正・続（公益財団法人モラロジー研究所）、『教育は国家百年の大計』（同上）などがある。

文士 小林秀雄

令和四年五月二十五日第一刷発行

著者 占部 賢志

発行者 藤尾 秀昭

発行所 致知出版社

〒150-0001 東京都渋谷区神宮前四の二十四の九

TEL（〇三）三七九六—二一一一

印刷・製本 中央精版印刷

落丁・乱丁はお取替え致します。

（検印廃止）

ISBN978-4-8009-1262-6 C0095

ホームページ https://www.chichi.co.jp

Eメール books@chichi.co.jp